# Simples Assim

Livros da autora publicados pela **L&PM** EDITORES:

*Cartas extraviadas e outros poemas* – Poesia
*A claridade lá fora* – Romance
*Coisas da vida* – Crônicas
*Comigo na livraria* – Crônicas
*Comigo no cinema* – Crônicas
*Conversa na sala* – Crônicas
*Divã* – Romance
*Doidas e santas* – Crônicas
*Felicidade crônica* – Crônicas
*Feliz por nada* – Crônicas
*Fora de mim* – Romance
*A graça da coisa* – Crônicas
*Liberdade crônica* – Crônicas
*Um lugar na janela* – Crônicas de viagem
*Um lugar na janela 2* – Crônicas de viagem
*Um lugar na janela 3* – Crônicas de viagem
*Martha Medeiros: 3 em 1* – Crônicas
*Montanha-russa* – Crônicas
*Noite em claro* – Novela
*Noite em claro noite adentro* – Novela e poesia
*Non-stop* – Crônicas
*Paixão crônica* – Crônicas
*Poesia reunida* – Poesia
*Quem diria que viver ia dar nisso* – Crônicas
*Simples assim* – Crônicas
*Topless* – Crônicas
*Trem-bala* – Crônicas

# Martha Medeiros

# Simples Assim

www.lpm.com.br
L&PM POCKET

Coleção **L&PM** POCKET, vol. 1387

Texto de acordo com a nova ortografia.

As crônicas deste livro foram originalmente publicadas nos jornais *O Globo* e *Zero Hora*.

Este livro foi publicado em primeira edição pela L&PM Editores, em formato 14x21 cm, em 2015
Primeira edição na Coleção **L&PM** POCKET: julho de 2025
Esta reimpressão: novembro de 2025

*Capa*: Marco Cena
*Revisão*: Marianne Scholze e L&PM Editores

CIP-Brasil. Catalogação na Publicação
Sindicato Nacional dos Editores de Livros, RJ

M44s

Medeiros, Martha, 1961-
Simples assim / Martha Medeiros. – 1. ed. – Porto Alegre [RS]: L&PM, 2025.
240 p. ; 18 cm. (L&PM POCKET; 1387)

ISBN 978-65-5666-592-4

1. Crônicas brasileiras. I. Título. II. Série.

25-98759.0 CDD: B869.8
CDU: 82-94(81)

Meri Gleice Rodrigues de Souza - Bibliotecária - CRB-7/6439


Rua Comendador Coruja, 314, loja 9 – Floresta – 90.220-180
Porto Alegre – RS – Brasil / Fone: 51.3225.5777

Pedidos & Depto. Comercial: vendas@lpm.com.br
Fale conosco: info@lpm.com.br
www.lpm.com.br

Impresso no Brasil
Primavera de 2025

# Sumário

# A secretária e a patroa

Estreou semana passada o filme francês *A datilógrafa*, que ainda não vi e possivelmente não verei em função do meu pouco tempo livre. Minha patroa anda cada vez mais ocupada e quem segura o rojão sou eu, claro.

Mas seria ótimo assistir a um filme no qual, finalmente, sou protagonista. Pelo que ouvi, a história se passa em 1958, quando as mulheres estavam começando a colocar as manguinhas de fora. Uma garota de 21 anos recebe de presente uma máquina de escrever e resolve aventurar-se no excitante mercado de trabalho, esforçando-se para ser uma boa secretária, que era a atividade adequada às moças daquela época. Depois o filme parece que vira uma competição, e daí por diante não sei mais nada, mas o resumo inicial me fez lembrar de quando ganhei, aos 13 anos, uma Olivetti Lettera 32. Tirei-a do estojo com o maior cuidado e suspirei: estava ali o passaporte para a profissão que eu sempre havia sonhado exercer.

Fiz um curso de datilografia e passei a praticar todos os dias. Comecei a escrever poemas para exercitar os dedos no teclado, eu que até então me atrevera apenas a diários escritos à mão. Vinha um verso, vinha outro, e eu ali, treinando, fazendo de conta que era poeta, até que tivesse idade suficiente para virar a secretária que eu desejava ser.

Num acesso de loucura, acabei mandando uns poemas para uma editora e, pra encurtar a história, publicaram um livro meu. Já trabalhava como redatora publicitária nessa época, pois tinha que ganhar algum dinheiro, mas lembro que, quando faltava uma secretária na agência, eu me oferecia para ficar no lugar dela. E tive meu dia de telefonista também. Êxtase.

O tempo passou e lancei outro livro, e mais outro, e depois da poesia veio a crônica, abandonei a propaganda, fui apresentada ao computador, comecei a escrever para vários jornais, meus textos passaram a ser adaptados para o teatro, iniciei na ficção e aí aconteceu: virei secretária de mim mesma.

Hoje, profissional realizada, passo 80% do dia atendendo ligações, respondendo toneladas de e-mails, avaliando contratos, agendando entrevistas, negociando prazos de entrega, indo ao cartório para reconhecer firma, ao correio para remeter livros, ao super para fazer as compras da casa, negociando cachês com revistas, trocando mensagens com a contadora, marcando sessões de fotos, providenciando vouchers de hotéis e passagens aéreas para os compromissos fora do Estado, autorizando publicações de textos em livros didáticos, avaliando novas propostas de trabalho e me desculpando em nome da minha patroa por ela não conseguir atender todos os pedidos de leitura de blogs.

Não sei o que seria dela se não contasse comigo para esse serviço de secretariado, se bem que hoje a madame abusou: me botou para escrever sua coluna. Espero que não acostume, já ando sobrecarregada que chegue.

*2 de junho de 2013*

# Todos os motivos do mundo

Da série "Morro e não vejo tudo": cerca de 200 mil pessoas de mais de 120 países se inscreveram para participar do programa de assentamento em Marte, projeto elaborado pela organização holandesa Mars One. Os brasileiros ficaram em terceiro lugar em número de inscritos – perderam apenas para americanos e chineses. No entanto, até aqui, foi divulgado que apenas uma brasileira (uma engenheira catarinense) entrou na lista dos primeiros 1.058 selecionados – começa agora uma nova fase de testes e entrevistas que deixará esse número ainda mais enxuto.

A empresa pretende desembarcar quatro voluntários em 2023, e depois novos cosmonautas a cada dois anos, a um custo de US$ 6 bilhões, parte financiada por um reality show sobre os primeiros anos de existência da colônia. Os inscritos tiveram que enviar um vídeo de um minuto falando sobre os motivos de quererem viver em Marte para sempre.

Um minuto de motivos para sair daqui? Cronometre.

O custo de vida. Fraudes em licitações. Corrupção em todos os setores da sociedade. "Desatentos" que continuam jogando lixo na rua. Desabastecimento de energia elétrica no verão. A péssima qualidade dos serviços públicos. A demora em concluir obras.

Gente levando tiro dentro de hospital. Crianças sendo violentadas por parentes. Ônibus sendo incendiados. Policiais envolvidos em crimes. Irresponsáveis dirigindo a 150km/h. Fanáticos religiosos. Impostos que são verdadeiros assaltos. Burocracia que impede a agilidade de novos negócios. Calçadas em péssimas condições. Estradas que ficam intransitáveis aos primeiros cinco minutos de chuva. Irregularidades em contratos. Violência urbana sem controle. Professores mal pagos. Funcionários mal treinados. Enchentes a cada temporal. O quê? Já passou um minuto?

Nem deu tempo de falar do que acontece fora do Brasil, como utilização de armas químicas, o fundamentalismo islâmico, a recessão europeia etc. etc.

E tem ainda as crises pessoais. O que não falta por aí são pessoas desmotivadas, devendo dinheiro, administrando fracassos, sem perspectiva de crescimento, amargando dores de cotovelo, entediados com a vida, aborrecidos crônicos, sem fé no futuro. A oportunidade de em 10 anos partirem em uma expedição inédita e eternizarem seu nome através de um projeto sem precedentes na história da humanidade daria a eles um sentido pra vida. Colonizar Marte – e com cobertura da imprensa!

O percurso da viagem durará alguns meses. A espaçonave é estreita. De alimentação, apenas produtos liofilizados e enlatados. Banho, só com toalha úmida. Desistir no meio do caminho está fora de cogitação. Pedir para descer, nem pensar. E a passagem é só de ida.

Ainda assim, 200 mil pessoas se inscreveram, o que me faz chegar a duas conclusões: que a vida na Terra, definitivamente, não está para brincadeira. E que Marte deve ter wi-fi grátis.

*5 de junho de 2013*

# As chatonildas

Sou gamada pelos filmes *Antes do amanhecer* e *Antes do pôr do sol.* Ambos, na época, me inspiraram crônicas, e não seria diferente com a obra que, acho eu, encerra a trilogia: *Antes da meia-noite*, a maior DR cinematográfica recente. Não tão bom quanto os filmes anteriores (mas bom também), agora o casal protagonista, Jesse e Celine, enfrenta uma crise conjugal clássica. Qualquer pessoa que tenha vivido uma relação de mais de um ano – vá lá, dois anos – já protagonizou cenas quase idênticas. Somos todos iguais, o que me estarrece, visto que a charmosa Celine, que conquistou aquele guapo no primeiro filme da série e o fez perder o rumo de casa no segundo, se transformou na Maior Chata da História, assim mesmo, com maiúsculas. E o que é pior: essa Maior Chata da História, ai, é meio parecidinha conosco.

Celine pira. Faz perguntas inibidoras para o marido, numa tentativa de encurralá-lo nas próprias palavras. Busca sempre alguma entrelinha por trás do que o coitado do marido ousou falar. Tira conclusões estapafúrdias pela própria cabeça, faz drama por qualquer bobagem, não sabe se vai ou se fica. É o capeta travestido de mulher. Se você já assistiu ao filme, duvido que não tenha se identificado com pelo menos 10 minutos da histrionice da personagem, e estou sendo generosa, poderia tranquilamente falar aqui em identificação de meia hora – ainda sendo generosa.

Não que os homens sejam santos. Eles azucrinam. São garotos de 12 anos que não crescem, como admitiu semana passada o David Coimbra, que sabe tudo. Ainda assim, nada justifica nossa aporrinhação. Mulher é bicho tremendamente chato. Umas mais, outras menos. Rogo a Deus que eu esteja entre as menos. Por via das dúvidas, não perguntem aos meus ex.

O que nos absolve (um pouco) é que a intenção é das melhores: só queremos limpar a área, clarear os problemas. Falamos, falamos, falamos, mas no fundo sonhamos com a paz do entendimento. Por isso, não nos cobrem, não nos façam de tolas, não nos sobrecarreguem: entendam que a paciência esgotou, não somos as mães universais, as eternas boazinhas e compreensivas, isso já deu. Mas precisamos transmitir esse nosso "deu" com menos verborragia e eloquência, concordo.

Pra não terminar essa crônica ressaltando apenas a chatice feminina, destaco uma frase do filme que aponta uma saída. Diz um personagem secundário: "O amor que sentimos por alguém não é o mais importante, o que interessa é o amor que sentimos pela vida". Sábias palavras. Se o casal concorda que a vida é breve e merece ser apreciada com alegria e generosidade, sem valorização das encrencas, sem perpetuar traumas de infância, sem pensamentos estreitos, sem nenhuma espécie de rigidez, a relação poderá vir a ser um passeio no campo. Ame a vida, e meio caminho andado para um romance leve.

Mas, claro, ajudará muito se nós, gurias, controlarmos a nossa doidice.

*23 de junho de 2013*

# Londres em retalhos

Passei mais de um mês fora do país. Estive estudando inglês em Londres e virando a cidade do avesso. Sigo não falando inglês com fluência: é projeto para uma vida. Mas o vocabulário se expandiu e a cabeça também, como acontece sempre que se sai em viagem de descobrimento. Voltei me perguntando o que ainda faz de Londres minha cidade preferida no mundo, e sendo ela tão diversa, não há uma resposta única.

Não importa em que bairro, em que pub, em que estação de metrô você esteja: sempre escutará de três a quatro idiomas diferentes ao mesmo tempo, o que anula nossa nacionalidade e nos dá a sensação arejada de pertencer ao planeta – Londres não é uma capital humilde, como se sabe. Falando em metrô: o primeiro trem subterrâneo de Londres começou a circular em 1863, antes mesmo da invenção da energia elétrica (era movido a vapor). Por que o Brasil segue tão atrasado nessa área?

Ok, evitarei comparações, até porque o londrino está menos londrino: já não é pontual e polido com fanatismo, deu uma relaxada, e isso de certa forma o democratiza. Até a rainha está mais "gente como a gente". Uma semana antes de o bisneto vir ao mundo, foi perguntada se tinha preferência por menino ou menina: "Tanto faz, desde que nasça logo, pois quero sair de férias". Foi-se o tempo em que responder "Desde que venha com saúde" é que era nobre.

Aliás, se ouvia falar do pequeno George na imprensa, e só na imprensa. Nas ruas, nem um pio. Ninguém se mobilizou. Aquele pessoal reunido em frente ao Palácio de Buckingham no dia 22 de julho era composto apenas de turistas estrangeiros, em mesmo número dos que estão lá hoje e que estarão lá amanhã. O inglês está mais interessado em vida real do que em realeza.

Londres perdeu um pouco a fleuma até no clima. Com temperaturas acima dos 30 graus, sem um pingo de chuva por semanas seguidas, a falta de compostura diante do calor virou notícia. Nunca se viu tanto homem sem camisa pelas ruas – para eles, prova irrefutável da decadência do império.

Ou seja, Londres está mais solta (me segurei para não escrever "mais brasileira", mas não ando bebendo tanto assim). Continua majestosa em sua arquitetura, com museus de tirar o fôlego (a exposição do fotógrafo Sebastião Salgado no Museu de História Natural é de nos encher de orgulho – absolutamente espetacular) e com parques cujo paisagismo você jura que ficou a cargo de algum pintor impressionista. Aliás, foi em um parque que meu queixo tremeu e quase fui às lágrimas, e não por causa dos esquilos e das flores: enquanto o Papa abençoava nossa terra, eu dizia amém para os Rolling Stones em um show satânico em pleno Hyde Park, com Mick Jagger a poucos metros de distância, em carne, osso, rugas e testosterona. Como se sabe, o sublime pode se manifestar de maneiras variadas e insuspeitas.

Enferrujada do jeito que estou, considere esse texto apenas como um "oi, cheguei". Um breve sumário de assuntos que logo adiante serão mais bem desenvolvidos. Por ora, ofereço esse patchwork só para dizer que estava com saudades e que, por mais que viajar seja fascinante, nada como estar de volta à casa.

*7 de agosto de 2013*

# Um mergulho no oceano

A última vez que entrei numa sala de aula foi no último dia da faculdade, e lá se vão muitas luas, parece que foi em outra vida. Fazia tanto tempo que eu não era estudante que fiquei apreensiva ao me matricular na The London School of English, de onde retornei semana passada. Haveria quantos alunos por sala? Ainda existe giz e quadro-negro? E sendo eu uma analfabeta digital, passaria vergonha levando um caderno e uma caneta para anotações?

Éramos poucos em cada sala – no máximo oito, entre tchecos, russos, japoneses, italianos, espanhóis e brasileiros. O quadro-negro agora é um quadro branco onde se escreve com marcadores coloridos (para os saudosistas, vale uma visita à Saatchi Gallery, que expõe antigos quadros-negros das mais famosas universidades do mundo – Cambridge, Harvard, Oxford –, extraindo de nós um novo olhar para o efeito de frases, fórmulas e gráficos rabiscados a giz). E a analfabeta digital não passou vergonha com seu caderno e caneta, mesmo cercada por colegas equipados com tablets e laptops. Não conheço recurso mais eficiente para reter e decorar informações do que escrevê-las à mão. Fiquei impressionada ao ver que alguns alunos fotografam o quadro antes de o professor apagá-lo. Não copiam, simplesmente fotografam com seus celulares. Eu sempre aprendi mais escrevendo, sublinhando, fazendo círculos em torno das palavras, enchendo a página de flechas e asteriscos. Meu caderno ainda vai acabar sendo exposto numa mostra de design.

O mais valioso da experiência foi resgatar o prazer inocente de aprender. Cada nova palavra, cada nova expressão era uma vitória particular que eu assimilava com humildade. A minha vergonha em falar um idioma que não domino e, ao mesmo tempo, a disposição em me divertir com os próprios erros me tornavam aprendiz de mim mesma e da vida, essa venerável mestre.

Algumas pessoas se satisfazem com o que já sabem, é como se seu conhecimento coubesse numa piscina. Dão algumas braçadas para um lado, outras braçadas para o outro, agarram-se às bordas e tocam o fundo com os pés: sentem-se seguras nessa amplitude restrita. Mas nada como mergulhar num mar do conhecimento sem fim, onde não há limites, a profundidade é oceânica e a ideia é nadar sem chegar à terra firme, simplesmente manter-se em movimento. Cansa, mas também revitaliza. Uma pena que nossa preguiça impeça a grandeza de se descobrir algo novo todos os dias.

Eu, que além de apegada aos instrumentos rudimentares da escrita tenho certo receio de procedimentos estéticos em geral, descobri uma maneira de me manter jovem para sempre, mesmo que, olhando, ninguém diga: não vou mais parar de estudar e assim realizarei a utopia de me sentir com 20 anos até os 100 – depois disso, aí sim, recreio.

*11 de agosto de 2013*

# 100% *Satisfaction*

Quem acompanha meus textos sabe que arrasto um trem pelos Beatles, ainda que os Rolling Stones tenham igualmente sonorizado minha adolescência. Na hora de responder à pergunta clássica – Beatles ou Stones? –, eu cravava Beatles sem meio segundo de vacilação.

As coisas mudaram. Hoje, se me fizessem de novo a mesma pergunta, desconversaria, pois a comparação não procede. Apesar de serem bandas contemporâneas e conterrâneas, a guitarra de um não bate com a guitarra do outro. Isso só ficou evidente pra mim quando, no último dia 13 de julho – Dia do Rock! – tive a sorte e o privilégio de assistir a um show dos Stones em pleno Hyde Park, em Londres, num início de noite ainda com céu claro e calor intenso. Eles entraram no palco às 20h30 e o meu queixo tremeu, o olho marejou e, mesmo me conscientizando de que estava diante de quatro homens de extrema importância na minha vida, coloquei a culpa do meu faniquito na idade – a deles, claro. Me emociono com os perseverantes.

O fato é que durante as duas horas exatas em que a banda apresentou seus hits mais contagiantes com uma qualidade de som que eu nunca tinha escutado ao vivo e um pique que jamais caiu, me dei conta de que a matéria-prima do rock é a testosterona – e nada é menos sexual do que os Beatles.

Mick Jagger seduz com todos os instrumentos que dispõe: voz, corpo, guitarra, gaita de boca, e a boca, ela própria. Perdoe a vulgaridade do termo, mas não encontro jeito mais suave de expressar: cada música é como se fosse uma trepada com a plateia. Sai-se esgotado da experiência, eles ainda mais do que nós. Se depois de um show assim vigoroso dá vontade de acabar a noite acendendo um cigarro e tomando um uísque, não tenho dúvida de que para eles a noite acaba no hospital tomando soro. Mas com a missão cumprida.

Já os Beatles passam longe do obsceno. Fundadores de um estilo único, experimental, poético e sofisticado, conquistaram o pódio com sua extraordinária inventividade – nunca um disco igual ao outro. Do que eles fizeram em apenas 10 anos de carreira ninguém chegou nem perto. Não era rock. Eles criaram um gênero musical chamado... Beatles.

Rolling Stones são definitivamente roqueiros. Há 50 anos oferecem mais do mesmo, e nenhum problema em não mudar. O mundo em volta é que mudou. Em 1969, quando tocaram no Hyde Park pela primeira vez, a plateia era formada por simpatizantes do flower power, todos curtindo paz e amor, muitos em viagem de ácido. Em julho de 2013, a plateia era formada por simpatizantes do Steve Jobs, todos assistindo ao show pelo monitor do seu iPad, iPhone e tuitando com uma obsessão de viciado. Milhares de cinegrafistas amadores reunidos a fim de documentar o que estavam – estavam? – vendo.

Só o meu queixo tremido é que ninguém viu nem filmou. Ficou sem registro digital. Minha emoção segue totalmente analógica.

*14 de agosto de 2013*

# Em que planeta a gente vive?

Tem pessoas que vão a Londres só para fazer um tour pelas exposições: é uma cidade reconhecida pela oferta inesgotável de museus e galerias, cujo acervo abrange todos os períodos, artistas e tendências. Enquanto estive lá, um dos pontos altos da programação cultural era a mostra do holandês Vermeer na National Gallery, mas o que me emocionou de forma profunda foi Sebastião Salgado, fotógrafo brasileiro reconhecido mundialmente, que, com seu atual ensaio chamado *Genesis*, em exposição no Museu de História Natural, eleva ainda mais o status da fotografia como obra de arte.

Sebastião Salgado sempre esteve comprometido com o meio-ambiente e é inclusive diretor do Instituto Terra, que promove ações ecológicas e de sustentabilidade desde muito antes de isso virar moda. Com o olhar afiado para enquadrar a relação entre os homens e o planeta, dessa vez ele se dedicou prioritariamente a retratar a natureza em sua forma mais primitiva, e o resultado é difícil de descrever em palavras: o que vemos é uma beleza dramática que pulsa, tem vida, salta da parede e nos arrebata como se estivéssemos vendo pela primeira vez algo que não suspeitávamos existir. E é isso que intriga, pois sabemos que existem geleiras, rios, montanhas, planícies, florestas, mas dessa vez elas nos são mostradas como se não coabitássemos o mesmo planeta. E a verdade é que não coabitamos mesmo. Abra um mapa: fazemos parte do todo. Mas é uma relação representada num papel, não de fato.

O fotógrafo viajou oito anos pelo globo captando imagens no Alasca, na Patagônia, no Sudão, sempre extraindo a força do essencial e nos obrigando a reconhecer o quanto vivemos apartados do planeta. Nós, moradores das cidades, estamos tão engajados numa rotina de velocidade, asfalto, tecnologia, motores e eletricidade que fundamos um planeta próprio, cujo nome "Terra" soa até inapropriado. Fazemos excursões turísticas àquele outro planeta que fica fora dos limites urbanos e também o fotografamos para enfeitar nossos porta-retratos, mas Sebastião Salgado faz bem mais do que isso: ele resgata a origem de tudo aquilo que nunca dependeu do progresso e que ainda resiste com magistral integridade. E não bastasse essa manifestação de certa forma política, que nos conscientiza sobre nosso afastamento das fontes naturais de sobrevivência, ele ainda o faz com um senso estético arrebatador: suas fotos assemelham-se a uma ópera, não é coisa para amadores. O homem é um gigante.

A mesma mostra está em exposição no Rio de Janeiro e no início de setembro aterrissará em São Paulo. Se estiver ao seu alcance, não perca. É uma rara oportunidade de estabelecer uma conexão que tem caído a cada dia: a nossa com o planeta real.

*18 de agosto de 2013*

# *Another Brick in the Wall*

O grafiteiro Banksy segue onipresente em Londres. Seja em livros, gadgets ou pôsteres, sua arte está distribuída pela cidade e é impossível ficar indiferente a ela. E o mistério continua: quem é esse cara, afinal?

Ninguém sabe. Há uns 10 anos que ele preenche muros, paredes, pontes e estações de metrô de Londres com grafites perturbadores: ora engraçados, ora chocantes, sempre anárquicos. Agindo de madrugada, enganando as câmeras de rua com nariz postiço e óculos escuros, ele faz suas interferências urbanas de uma forma extremamente audaciosa – transforma cones de sinalização em instalações, adiciona objetos inusitados em importantes monumentos públicos, instala avisos surpreendentes em meio aos lagos dos parques e até já conseguiu colar obras suas nas paredes dos museus mais respeitados da Inglaterra. Às vezes leva uma ou duas horas para que descubram e apaguem seus grafites e retirem das paredes suas marcas de protesto, mas já conseguiu que levasse dias e até meses antes de ter sua arte recolhida.

Se a polícia não gosta nada dele, a população rendeu-se a esse transgressor misterioso, e o inusitado aconteceu: hoje suas obras valem milhares de libras e estabelecimentos comerciais rezam para ter suas paredes pichadas por Banksy. Nenhuma ação de marketing poderia ser mais favorável.

Ele defende o grafite como uma arte honesta e popular. Diz que é uma resposta aos milhares de anúncios publicitários estampados em painéis gigantescos por toda a cidade, inclusive nas laterais dos ônibus: por que todos aceitam que a cidade se desfigure com publicidade e não com o grafite artístico? Ele mesmo responde: porque as pessoas não sabem reagir diante do que não gera lucro.

Banksy apronta e faz pensar. Esconde-se porque o grafite ainda é considerado subversivo, e também para denunciar essa sociedade que valoriza mais o artista do que sua arte: hoje estão todos mais interessados em saber que rosto têm, como se vestem, o que comem (ou quem comem) as grandes estrelas, em vez de focarem apenas no trabalho que fazem. Pois através do mistério Banksy conseguiu total visibilidade para o que faz e ficou famoso sem aparecer. Em função de seu sumiço, há quem diga que ele não existe, que as obras são criações coletivas de um grupo, que Dalai Lama é seu fã, que ele foi expulso da escola por causa de uma briga em que não teve culpa, por isso sua obsessão por justiça social. Rumores que só reforçam o mito.

Pichar qualquer rabisco é imundície, não acrescenta nada à cidade ou a seus habitantes. E dilapidar patrimônio público e placas de sinalização é crime. Já Banksy tem um propósito e uma estética, por isso se diferencia. Ele inverte nosso senso de ordem, denuncia hipocrisias e surpreende com seu espírito rebelde e um talento inquestionável. Diz que gostaria de ter permissão para fazer o que faz, mas não tendo, vai em frente contando com o perdão da cidade. Tem conseguido.

*21 de agosto de 2013*

# O que você vai ser quando crescer?

Numa sociedade competitiva como a de hoje, não é de estranhar que o fator mais importante da vida seja o trabalho. Ele consome nosso tempo e nossas preocupações: temos que ganhar dinheiro, temos que ser os melhores, temos que superar a concorrência e só então... Só então o quê? Morrer?

Crianças mal atingem os cinco anos e já começam a ser sabatinadas sobre o futuro: "O que você vai ser quando crescer?". E as coitadinhas entram no jogo. Em vez de responderem que pretendem ser surfistas, andarilhas, artistas de rua, participantes de um coro ou defensoras da natureza, respondem com a primeira profissão que lhes vem à cabeça: veterinário, professor, bombeiro. No fundo, elas não têm a menor ideia do que querem ser – nem os vestibulandos têm – mas já intuem que sua identidade estará atrelada ao que fizerem para se sustentar.

Tanto isso é verdade que os anjinhos crescem, estudam, começam a trabalhar e um belo dia estão numa festa e são apresentados a alguém. Trocam um aperto de mãos e a primeira pergunta entre os dois desconhecidos será: "O que você faz?".

E não se ouvirá como resposta "eu levo meus filhos ao estádio, eu participo de ralis aos domingos, eu sou campeão em palavras cruzadas, eu saio com meu cachorro todo final de tarde, eu vou ao cinema às quintas-feiras, eu namoro a mulher mais incrível do mundo, eu corro maratonas."

Você responderá que é professor, veterinário, bombeiro. Ou vão achar que você não tem uma vida.

Mas você tem – espero. Só que ela ocupa um espaço bem menor do que deveria na sua lista de prioridades. Você passa um terço do dia trabalhando, e outro terço pensando na reunião de amanhã cedo, nas tarefas que ainda não foram concluídas, no cliente que está ameaçando deixar a empresa, no funcionário que não está correspondendo. No terceiro terço você dorme. Mal.

Quem está viciado nesse esquema encontra dificuldade em relaxar e talvez não consiga mais mudar a engrenagem. Mas para quem está entrando agora no mercado de trabalho, vale adotar desde cedo uma postura mais equilibrada entre vida pessoal e profissional, começando por repensar essa questão da identidade: você não é o que você faz para ganhar dinheiro, você é o que você faz para ser feliz. É bom lembrar que as horas de lazer também são muito produtivas, uma vez que elas abastecem nossa imaginação, nossos sonhos, ideias e reflexões, e, sem isso, aí é que não se cria identidade alguma, viramos apenas um número a mais nas estatísticas de mão de obra.

Não sei o que o Brasil pretende ser quando crescer, mas tomara que ele cresça com pessoas que, ao chegarem perto da morte, não tenham tantos arrependimentos pelo que deixaram de fazer quando ainda tinham tempo para fazê-lo.

*25 de agosto de 2013*

# Um pacto com a verdade

Pode-se dizer que, na infância, fui uma menina fechada. Não excessivamente introvertida, mas na minha. Não falava muito sobre o que sentia e pensava. Ficava matutando com meus botões apenas, ou colocava tudo num diário que era protegido por um cadeado. Dá para acreditar, nos dias que correm, que já existiu quem trancafiasse sua intimidade à chave? Os diários eram nossos cintos de castidade mental.

Não estou exaltando os velhos tempos: ser tão ensimesmada não me rendeu grande coisa na época. Ok, desenvolveu minha introspecção, que é importante para quem escreve, mas retardou meu encontro com os outros – um encontro que só se dá plenamente quando somos menos defensivos.

O que fica secreto não chega a ser uma mentira, mas é algo que não ventila, não dialoga, não evolui, mantém-se estático na sua inutilidade, mofando, criando teias e envelhecendo sem nunca ter sido confrontado. Não acho que tenhamos que nos expor indiscriminadamente, isso é uma ansiedade quase doentia. Mas nem por isso defendo uma sociedade de caramujos. A transparência dos nossos pensamentos e sentimentos é o único meio de estabelecermos conexões fortes e de avançarmos, tanto pessoal quanto socialmente. É muito difícil se relacionar com quem não se entrega, não assume suas fragilidades, não deixa cair a máscara. Não só difícil como perigoso.

E chego ao voto secreto, essa aberração política que impede que conheçamos de fato nossos representantes e que permite indecências cujo maior colaborador é o silêncio. O silêncio é o principal aliado do mais grave problema do Brasil, a impunidade. O silêncio de mulheres que protegem os familiares que as violentam, o silêncio de cidadãos que testemunham crimes e não os denunciam, o silêncio que sustenta farsas, pessoas de duas caras, relações de fachada.

Transparência não é um comportamento fácil de adotar. Muitos se sentem incomodados diante da exposição de seus erros, constrangidos por falhar, humilhados por não ter acertado. Só que nada disso nos desonra, ao contrário. A transparência nos humaniza, nos refina e nos torna melhores - vale para pessoas, para cidades, para nações. Até uma árvore que cai num parque tem a ver com esse assunto, nem que seja como metáfora - a deterioração que se mantém escondida cedo ou tarde se manifesta da pior forma.

Há quem evite a transparência porque ela pode causar vergonha. Ora, é justamente de mais vergonha que precisamos. A vergonha nos civiliza e nos estimula a agir de forma correta. Sejamos francos, verdadeiros, mesmo que isso nos cause algum desconforto. É mais digno do que morrer abraçado ao lado secreto da vida, esse que costuma cair de podre.

*4 de setembro de 2013*

# A juventude da maturidade

## "Feliz aniversário!"

Foi só ela ouvir essa frase e afastou o rosto como se estivesse sendo agredida. "Não repita isso de novo. Não sei o que há de feliz em ficar mais velha."

Respondi: "Você diz isso porque está fazendo 34 anos. Quando fizer 52, vai sentir vontade de pendurar balões pela casa".

Ela desvirou o rosto e voltou a me encarar como se eu estivesse tendo algum surto de insanidade. "ÃHN?"

Só quem atravessa ao menos cinco décadas de vida pode entender a bênção que é entrar na segunda juventude.

Claro que antes é preciso passar pelo purgatório. Poucos chegam aos 50 anos sem fazer uma profunda reflexão sobre a finitude, e dá um frio na barriga, claro. Amedronta principalmente quem ainda não fez nem metade do que gostaria de já ter feito a essa altura. Será que vai dar tempo?

Passado o susto, a resposta: vai. E se não der, não é o fim do mundo. Você não precisa morrer colecionando vontades não realizadas. Troque de vontades e siga em frente sem ruminar arrependimentos. Você finalmente atingiu o apogeu da sua juventude: é livre como nunca foi antes.

Então, não passe mais nem um dia ao lado de alguém que esnoba, provoca, que não se importa com seus sentimentos. Pare de inventar razões para manter seus infortúnios, você já fez sacrifícios suficientes, agora se permita um caminho mais fácil. Se ainda dá trela a fantasmas, se ainda pensa em vingancinhas ordinárias, se ainda não perdoou seus pais e seu passado, se ainda perde tempo com vaidades e ambições desmedidas, se ainda se preocupa com o que outros pensam sobre você, está pedindo: logo estará um caco.

Para alcançar e merecer a segunda juventude, é preciso se desapegar de todas aquelas preocupações que havia na primeira. Quando essa Juventude Parte 2 terminar, não virá a Juventude Parte 3, não virá mais nada. Ou seja, esta é a última e deliciosa oportunidade de abandonar os rancores, não perder mais tempo com besteiras e dar adeus à arrogância, à petulância, à agressividade, ou seja, adeus às armas, aquelas que você usava para se defender contra inimigos imaginários. Agora ninguém mais ataca você, só o tempo – em vez de brigar contra ele, alie-se a ele, tome o tempo todo para si.

Eu sei que você teve problemas, e talvez ainda tenha – muitos. Eu também tive, talvez não tão graves, depende da perspectiva que se olha. Mas isso não pode nos impedir a graça de sermos joviais como nunca fomos antes. Lembra quando você dizia que só gostaria de voltar à adolescência se pudesse ter a cabeça que tem hoje? Praticamente está acontecendo.

Essa é a diferença que tem que ser comemorada. Na primeira juventude, tudo vai acontecer. Na segunda, está acontecendo.

*5 de setembro de 2013*

# Trocas íntimas entre estranhos

Alguns poucos leitores às vezes me confundem com conselheira sentimental e me revelam seus conflitos internos, acreditando que eu possa apontar um caminho para que eles vivam melhor. Logo eu. Escrevo sobre assuntos que me interessam e se servirem para alguém, é uma honra, mas não me sinto à vontade e nem tenho preparo para entrar na intimidade de cada leitor em particular – já me atrapalho o suficiente comigo mesma.

Mas já que todos gostam de conselhos, eu inclusive, uma dica posso dar: leia o livro *Pequenas delicadezas*, de Cheryl Strayed.

Foi ela que percorreu sozinha uma trilha nos Estados Unidos e narrou a experiência no aclamado *Livre*, que frequentou a lista dos best-sellers. Eu nem imaginava que ela escrevia uma coluna de aconselhamentos. Pois me tornei fã declarada dessa mulher.

*Pequenas delicadezas* é uma seleção de perguntas e respostas publicadas no site The Rumpus, mas de forma alguma é literatura de bisbilhotice, aquela coisa de olhar pelo buraco da fechadura dos dramas alheios, o que tantas vezes se revela piegas.

Cada carta gera um ensaio em que Cheryl conta experiências próprias para ilustrar seu pensamento sobre as questões levantadas. Esbanjando sensatez (coisa que não anda sobrando por aí), ela equaliza causas e efeitos com docilidade, mas sem abusar do bom-mocismo e sem encontrar solução para tudo. Ao contrário, ela reconhece que a vida é bem sacana às vezes. Nossos pais nem sempre foram uns anjos, nossa infância "feliz" pode ter sido uma farsa e a maneira como estamos narrando nossa história para nós mesmos pode estar cheia de ficções que já não conseguimos sustentar. Dá para mudar o passado? Não dá. A única coisa que dá para mudar é a maneira como enxergamos tudo o que nos aconteceu (e ainda acontece) e ver o que é possível perdoar, esquecer ou redimensionar.

É comum considerar o escritor uma espécie de guru – parece que ele é imune a problemas. Cheryl se atreve no papel e se dá como exemplo justamente porque sua vida não foi um passeio de carrossel. Porém, ela encontrou suas ferramentas de superação – a própria coluna é uma delas. Sem constrangimento e com absoluta empatia, envolve-se com a dor de quem lhe escreve, mesmo suspeitando que todos sabem direitinho o que devem fazer de suas vidas, só estão aguardando que alguém, mesmo um desconhecido, lhes dê uma espécie de licença. "Se é por falta de licença, sinta-se autorizado", é o que ela parece dizer.

*Pequenas delicadezas* não explora as chorumelas do amor nem pretende ser um oráculo. Apenas confirma que viver não é fácil, mas é o que temos pra hoje.

*8 de setembro de 2013*

# *Frances Ha:* uma homenagem aos errantes

Anda difícil ser jovem. O leque de opções é farto, e isso deixa qualquer um indeciso. E até quando se decide com alguma convicção pouco adianta: onde foram parar os empregos, onde estão os amores, o que fazer quando as coisas não saem como o esperado?

De uma coisa a protagonista de 27 anos do filme *Frances Ha* sabe: "dar certo" é algo muito relativo – e restrito. Existem poucas vias para o sucesso e inúmeras para o fracasso. A única maneira de conseguir vaguear pela vida sem lamentar as tentativas frustradas é reconhecer que a normalidade também pode ser manca, vesga e fanha. Mesmo quando tem chance de acertar, Frances prefere apostar no azarão: "Gosto das coisas que parecem erros".

E já que ela revela isso com um sorriso no rosto, e não resmungando, subverte a questão e mostra que o "erro" pode ser um estilo de vida aceitável, é só cuidar para que ele não provoque isolamento nem nos conduza ao "ai de mim". Arriscar com graça e autenticidade pode ser um acerto do avesso.

Nem todos querem ser campeões em tudo. Os errantes não aparecem nas colunas sociais nem são exemplos de virtude, mas têm um jeito próprio de se expressar e de existir, lutando para manter sua identidade mesmo na contramão do que se estabeleceu como “certo”. Conheço, por exemplo, quem prefira dias nublados e chuvosos, o que soa como errado, ainda que um erro poético. Só que a poesia não tem nada a ver com essa preferência. Um dia essa pessoa me confessou que gostava de dias nublados porque era quando não se sentia cobrada a “aproveitar a vida lá fora”. Ela aproveitava a vida por dentro, e o clima fechado era seu cúmplice diante de uma sociedade que decretou como certo que todas as pessoas devem frequentar parques, praias e praticar exercícios ao ar livre. Quando chovia, ela tinha a rara oportunidade de se sentir enquadrada.

Há caminhos bem sinalizados para se ter uma vida plena, saudável e com garantia de receber uma estrelinha dourada ao final da jornada, mas há quem se sinta tentado pelos desvios. Qual o problema de não querer ter filhos ou de não desejar fazer parte da diretoria? Lembro de uma passagem divertida de um livro de Martin Page. O personagem recebe uma promoção e a recusa, questionando: “Por que sou obrigado a evoluir?”. O patrão insiste: “Mas você faz um trabalho excelente!”. E ele: “Não faço isso de propósito!”.

Há quem não queira mais responsabilidades do que já tem, mesmo que signifique ganhar menos dinheiro. Quem decretará que isso é falta de rumo?

Errantes somos todos, em algum aspecto. Fazer besteira para chamar a atenção é contraproducente, mas optar por alternativas não abençoadas pelo senso comum pode ser apenas uma maneira de levar a vida como se gosta.

*11 de setembro de 2013*

# Estacionados na arrogância

Um dos problemas das grandes cidades, e até das pequenas, é encontrar lugar para estacionar. Uma vaga livre, hoje, é um bilhete premiado. Imagino que você, que dirige, concorde com isso. E deve ficar, como eu, indignado com motoristas que não dão a mínima para as linhas que delimitam o espaço para os automóveis nos estacionamentos de shoppings e demais áreas comerciais.

Sei que o assunto não é relevante, mas você entenderia se fosse colunista de jornal há quase 20 anos e tivesse a impressão de já ter escrito sobre tudo. Aliás, creio que até já mencionei o desrespeito a essas linhas sinalizadoras, mas voltarei ao assunto: escrever é se repetir.

Então lá vem o piloto, com pressa. O estacionamento está quase vazio, há várias vagas ainda disponíveis. Ele nem titubeia: imbica o carro de qualquer jeito, sem reparar que avançou em cima daquela faixa branca ou amarela, impossibilitando que outro motorista estacione a seu lado. Ele está ocupando duas vagas e não se importa, pois não enxerga além do próprio umbigo e não é da sua conta se daqui a pouco aquele estacionamento estiver lotado de pessoas procurando vaga – ele não foi programado para pensar nos outros.

O que ele deveria fazer, sem gastar mais do que 10 segundos do seu precioso tempo, era manobrar (para frente e para trás, isso) até deixar o carro reto entre as duas faixas, com espaço suficiente para ter vizinhos que, além de estacionarem, conseguirão abrir as portas de seus veículos. Eu costumo manobrar até deixar o carro retinho e, juro, não perco os braços, o consumo de combustível não se altera e a gentileza dura mesmo 10 segundos, ou até menos, se você for um às do volante.

Aí você me diz: "Pois é, penso como você, mas às vezes encontro uma vaga em que o cara do lado estacionou mal, invadindo o espaço alheio, e aí não me resta alternativa a não ser fazer o mesmo. Depois o engraçadinho sai com o carro e fica o meu ali atravessado, parecendo que *eu* é que estacionei errado desde o início".

Um problemaço, pois é. Mas a sociedade conta com sua beatitude: não estacione errado só porque seu irmão o fez. Procure outra vaga. Dê voltas. Esmurre a direção, pragueje contra o infeliz, mas não repita o que ele fez, pois se o fizer criará uma corrente em que todos, durante todo o dia, estacionarão em cima das faixas e o resultado será menos vagas disponíveis.

Eu poderia estar roubando, matando, mas estou apenas esmolando sua compreensão. Se você estacionar seu carro direitinho no espaço destinado a ele, sem deixar torto, sem avançar na vaga alheia, sem abandoná-lo com displicência, sua contribuição será reconhecida e há grande chance de nós, daqui a algum tempo, não termos que pagar multa por causa disso também, já que a única didática eficaz do país é mexer no nosso bolso.

Vamos tentar ser educados de graça.

*15 de setembro de 2013*

# Comando de voz

Sei de uma moça que, aos 30 anos, trabalhava numa empresa e foi promovida a um cargo de direção. De índio passou a cacique, e todos os seus colegas a cumprimentaram, mas a partir dali começava sua despedida da profissão que escolhera: logo percebeu que não sabia mandar. Sentia-se constrangida com a liderança concedida. Não tinha voz firme para ordenar isso ou aquilo, para lidar com subordinados. Descobriu que estar no topo de uma hierarquia não era para o bico dela. Então, juntou seus pertences e saiu pela porta, dando adeus ao emprego e encerrando uma carreira que havia sido promissora até ali.

Mudou radicalmente de vida: virou colunista de jornal, passou a trabalhar em casa e viveu feliz para sempre até semana passada, quando leu uma reportagem sobre o lançamento de um novo smartphone que funciona com comando de voz. Ela não é fanática por gadgets, mas sabe que a tecnologia avança rapidamente para esse novo modelo de acessibilidade: em breve não será preciso mais nem tocar nos telefones. Bastará ordenar: "Ligar para Mariana" ou "Navegar para o aeroporto Santos Dumont".

Em casa, a mesma coisa: "Acender a luz." "Apagar a tevê." "Água quente." "Mais quente." "Menos." "Mais." "Perfeito, obrigada."

No carro: "Abrir a porta." "Ligar o rádio." "Arrancar." "Frear, frear!"

Está nascendo uma nova geração de líderes. Aos dois anos de idade a criança já estará dando ordens aos objetos, falando com lâmpadas, chuveiros, geladeiras, notebooks. Aparelhos reconhecerão o nosso timbre vocal. Assim é que vai ser.

A tal moça, que já dava como superada a questão de não saber mandar, está ficando preocupada. Lá vem o problema da hierarquia outra vez. Ela é alérgica a autoridade. Tocar levemente nos objetos para que funcionem sempre lhe pareceu eficiente e educado. Até com o namorado dá certo: basta um toquezinho no seu braço e ele acorda, para de falar alto, diminui a velocidade, presta atenção em quem entrou na sala. Com os objetos, a mesma coisa. Interruptores, teclas, trincos, torneiras, controles remotos – um toque com os dedos, e eles fazem sua parte sem que ela precise dizer nada. A vida funcionando num silêncio respeitoso.

Porém, em breve, ela terá que falar sozinha como se fosse maluca. "Acender." "Apagar." "Abrir." "Trocar de faixa." "Fechar as cortinas." "Programar despertador." Ela espera que esse novo jeito de fazer as coisas funcionarem não se instale tão rápido. Talvez leve, sei lá, uns 10 anos para a rotina do ser humano entrar nessa esquizofrenia, mas no fundo ela já entendeu que não há como lutar contra o progresso – ou ela adere, ou junta seus pertences e, de novo, procura a porta de saída.

*18 de setembro de 2013*

# Coragem para ter medo

Saí tão comovida do espetáculo "Tô Tatiando", que a cantora Zélia Duncan apresentou em Porto Alegre recentemente, que não posso deixar de falar dele, até porque me parece necessário fazer um barulho em torno. O Brasil inteiro merece assistir a um produto cultural dessa qualidade. Há muito tempo eu não via algo tão genial.

É show? É teatro? É o quê?

Uma combinação de ambos. Um encontro empolgante do cênico com o musical, do simples com o sofisticado. Todas as canções são de autoria do inspirado Luiz Tatit, fundador do vanguardista Grupo Rumo, que surgiu em São Paulo nos anos 80. Zélia se apropria de cada letra, de cada sílaba, de cada palavra, e as canta, as conta, as encena e as faz levitar até uma altura tão elevada que a plateia atinge uma espécie de entorpecimento. Ficamos completamente chapados por 60 minutos, extasiados com tanta beleza, tanto lirismo, tanta graça. Quem precisa de drogas quando se tem arte pura ao alcance?

O espetáculo é incomum, mas o que ele transmite é comum. Não é fácil, e ao mesmo tempo é fácil, sim. Não é óbvio, porém não há estranheza alguma que impeça a comunicação. Luiz Tatit sempre escreveu sobre a singularidade mais prosaica do ser humano, e aí chega Zélia e transforma tudo em encantamento, circo, poesia. "Sempre quis o meu destino/ foi o meu destino que nunca me quis (....)/ Acho que ele foi atrás de outro alguém/ Pois destino tem destino também."

Ao final da apresentação, Zélia agradeceu à equipe e em especial à diretora, a talentosa Regina Braga, admitindo: "Se encarei esse desafio, foi porque a Regina me deu coragem para ter medo".

A que medo Zélia se refere? Provavelmente, o medo de sair da sua zona de conforto e expandir seu talento (revelou-se uma excelente atriz, além da intérprete afinadíssima que já sabíamos que era). O medo de oferecer ao público um produto que se diferencia dos sucessos comerciais facilmente palatáveis. O medo de revelar a obra de um autor (o já citado Luiz Tatit) de quem a maioria dos brasileiros nunca ouviu falar. O medo de misturar gêneros (teatro, música, recital) e criar algo novo a partir disso. Algo novo. Novo! O que pode ser mais assustador do que o novo?

Costumamos nos agarrar ao que é conhecido, a emoções reprisadas, à manutenção do já visto e já feito – raramente arriscamos perder o chão sob nossos pés. Até que alguém dá um salto mortal bem na nossa frente e não se estatela, ao contrário, se sobressai. É quando dá vontade de ter coragem também. Coragem de sentir medo. E então descobrir que o destino não nos abandonou como parecia. Só estava esperando que a gente se tornasse mais merecedor de seu sorriso.

*25 de setembro de 2013*

# A sala de espera do analista

Sempre que saio da minha consulta no analista, há uma senhora na sala de espera aguardando sua vez. Antes, eu cruzava por ela e fazia um aceno educado com a cabeça. Com o tempo, passei a sorrir e dizer "tudo bem?". Em breve, me sentirei tão à vontade que perguntarei: "E aí, qual é a sua encrenca? Dificuldade de desapegar, síndrome do pânico, bipolaridade?".

E tudo terminará num bistrô, entre boas risadas.

Obviamente, meu comportamento demonstra um desajuste. Não é por acaso que preciso frequentar um profissional que aperte meus parafusos frouxos.

Já quando sou eu que estou na sala de espera aguardando, a situação se inverte. O paciente anterior sai e nem olha para os lados. Cruza por mim como se eu fosse uma cadeira vazia. Nem uma espichada de olhos, nem um esgar, nem um grunhido. Não existo. Ele passa reto. Sou uma cadeira.

Eu poderia ficar com a autoestima abalada, ele não sabe o risco que está causando. Ou talvez saiba, mas não se importa com o que sinto. Será que ele não se importa com o que sinto? Acho que estou desenvolvendo um complexo de inferioridade. Mais essa agora. Desse jeito, minha alta não virá nunca.

Sempre que entro em uma pequena sala de espera, qualquer que seja, cumprimento quem ali está.

Não saio distribuindo beijinhos, mas demonstro educadamente que percebi a presença de outros no recinto. Logo, é natural que eu faça o mesmo numa sala de espera que frequento toda semana à mesma hora e onde eventualmente vejo as mesmas pessoas saindo ou entrando. Compartilhamos uma rotina, ora.

Só que não é simples assim. Ninguém fica com vergonha de ir ao dermatologista, ao oftalmo ou ao otorrino, mas consultar um analista ainda é algo extremamente íntimo. Os pacientes sentem-se constrangidos ao serem vistos num ambiente onde costumam confessar seus traumas e fraquezas. Talvez não acreditem na eficiência do revestimento acústico das paredes, desconfiam de que aquela criatura ali na sala de espera escutou os detalhes de suas compulsões sexuais e de suas neuroses cabeludas. Era para ter ficado tudo em segredo, era para ter sido um momento privado, inviolável, confidencial - e é! –, porém, em poucos minutos, aquele estranho sentará na mesma poltrona (ou deitará no mesmo divã) e privará dos cuidados do mesmo profissional, imediatamente depois de termos estado ali, e a sensação é de promiscuidade.

Queremos acreditar que o terapeuta é só nosso.

Mas não é: o paciente sentado na sala de espera confirma que somos apenas mais um, que nossos problemas não são o centro da atenção de quem nos analisa e que é provável que as paranoias do próximo a entrar sejam mais interessantes do que nossos questionamentos banais. Intolerável. Melhor mesmo fazer de conta que ali fora está apenas mais uma cadeira vazia.

*29 de setembro de 2013*

# Tão óbvio

Sempre tive mais tendência a simplificar do que complicar, e agora isso se intensificou a ponto de eu começar a flertar com o budismo. Lendo alguns livros e assistindo a palestras, tenho percebido como o caminho para ser feliz é óbvio – eu mesma já fui acusada de escrever sobre coisas óbvias, e não tenho como me defender contra isso: escrevo obviedades, sem dúvida. Porém me pergunto, intrigada: por que as obviedades andam tão necessárias?

É que normalmente o óbvio fica soterrado sob camadas e mais camadas de autoboicotes: as pessoas se irritam por besteiras, fazem escolhas idiotas, brigam no trânsito, não se abrem sobre o que sentem, desperdiçam energia à toa, desrespeitam o coletivo e são refratárias a tudo o que seja simples e fácil, já que a dor, a culpa e o ódio fazem parecer que elas têm uma vida mais profunda. Felicidade é algo que todos desejam e ao mesmo tempo renegam, já que não saberiam lidar com algo que lhes deixaria tão soltos e leves. Com péssimo ibope junto à elite intelectual, a felicidade (que nada tem a ver com bobice, mas com paz de espírito) ficou associada à superficialidade, enquanto que o sofrimento produz arte e filosofia.

Sob esse aspecto, óbvio que ser um deprimido é mais charmoso.

Pena que isso seja um estereótipo. Ora, filosofia busca a consciência, que é chave para a felicidade. E a arte faz um bem danado a mentes atormentadas, que através dela conseguem realizar catarses e se conectar com um mundo que lhes parece hostil. Ou seja, não importa quem ou de que forma, todos querem viver melhor, sem esquecer que esse "melhor" tem sentidos diversos para uns e para outros. Seja qual for o significado de "melhor" para você, ele é a sua perseguição. Só que alguns escolhem vias cheias de obstáculos e acabam não aproveitando a viagem.

O bem-estar vem de onde? Óbvio: da convivência com amigos, de relações saudáveis, de não permitir que frustrações e ressentimentos virem a tônica da vida, de não reagir com exagero diante de insignificâncias, da valorização das miudezas grandiosas do cotidiano, de sentir-se disponível para o novo e o diferente a fim de enriquecer a própria existência, mantendo uma espiritualidade básica que envolva a generosidade, a compaixão, a tolerância (não é obrigatório ter religião para isso). Mais: de aceitar as mudanças, de trocar de perspectiva quando se estiver obcecado com algo, de buscar a evolução da mente.

Inventei a pólvora? Estou dizendo alguma coisa que você já não esteja careca de saber? É tudo tão evidente, tão incontestável que dá até sono. O que você ainda está fazendo lendo essa página? Acorde e vá pra rua.

Aí você sai e cruza com centenas de outros cidadãos para quem o óbvio é uma teoria sem aplicação prática e que continuam encrencando-se de forma absurda, a fim de voltarem para casa estressados e sentindo-se vítimas do próprio destino. Charmosos, sem dúvida. Resta saber a que custo pessoal.

*6 de outubro de 2013*

# As balas da infância

Estava num avião da TAM observando a comissária oferecer balas aos passageiros, como de costume, antes de a aeronave decolar. Nunca peguei uma, talvez porque a criança em mim se manifeste: 10h da manhã, antes do almoço? Seis da tarde, antes do jantar? Minha mãe vai dar a maior bronca!

Na verdade não fico muito tentada por aquelas balas. Se fosse Frumelo ou 7 Belo, seria diferente.

Sempre tive tara por bala de morango, ou de frutas vermelhas, ou de qualquer coisa vermelha: cereja, framboesa & família. Eram as minhas preferidas entre as balas azedinhas. As azedinhas iam comigo ao cinema e também adocicavam as noites de sábado em que eu ficava em casa – eram minha droga lícita (mesmo assim, as comia escondida, sendo filha de dentista). Meu sonho secreto? No aniversário, ganhar as azedinhas que vinham numa lata enorme. Preferiria ganhar a lata em vez de pulseirinhas, porta-retratos, presentes de mocinha. Ganhei uma única vez, não lembro quando nem de quem, desconfio até que comprei.

No entanto, entre as balas vermelhas, prefiro até hoje aquelas vagabundas, as vira-latas das balas, embaladas em papel transparente, sem marca, sem pedigree. As que estão disponíveis onde menos se espera, em balcões de farmácia, ao lado dos caixas de lojas, ofertadas de graça.

Lembro das pastilhas de anis da marca Garoto – existem, ainda? Havia diversos sabores (canela, hortelã), mas as de anis eram as minhas eleitas no recreio do colégio. Daria tudo para voltar no tempo por causa daquelas pastilhas – e só por elas, acho.

Gostava de Mentex também, já que falamos de hortelã, porém mais ainda de uma pastilha oval que não lembro bem a marca, era também azedinha, refrescante, vinha numa caixa verde, que fim levou, quem pode me recordar o nome?

Tinha a bala gasosa, da qual nunca fui fã, redonda demais, grande demais, cheia de si. E quanto às de caramelo e doce de leite, blagh. Sempre fui refratária ao que é enjoativo. Preferia bala de banana, bem artesanal, pobrinha, humilde e doce como um pecado mortal.

Bala de coco era gostosa também. Ainda é. Mas desenvolvi uma resistência que não se explica. Dói na cárie que já não tenho, será isso? Ou é porque bala branca não combina com bala?

Bala tem que ter cor, e nisso as balas Soft eram imbatíveis (escrevo "eram" sem saber se ainda são, já não circulo pelo corredor das tentações no supermercado, tenho um compromisso com a balança e o bom senso). Duras e eternas eram as balas Soft – até mesmo as amarelas.

A jujuba me parecia a ralé das balas. Já as soberanas são as que finalizam essa crônica, minhas preferidas para sempre: as balas de goma. Meu Deus, as balas de goma. Morreria por elas. Mas não hoje, não agora, que agora sou adulta (em termos) e o que me interessa, mesmo, é permanecer magra.

*13 de outubro de 2013*

# Com a garganta presa

Foi muito divertido o retorno que tive da crônica de domingo passado, sobre as balas da infância. Muitos leitores lembraram de suas guloseimas favoritas, lamentaram eu não ter citado as balas Mocinho, apostaram que a pastilha cujo nome esqueci era a Supra Sumo (também adorava, mas não era essa) e contaram episódios de quase morte por engasgamento com a bala Soft. Porém, sacudidos de cabeça para baixo, todos se salvaram. Há quem jure que essas balas foram proibidas por terem um formato perfeito para grudar na traqueia até asfixiar – não encontrei fontes oficiais sobre o assunto, mas estou tentada a acreditar que elas entraram mesmo para a lista negra do FBI, da CIA e da Scotland Yard. Era tenso: eu chupava essas balas como se estivesse participando de uma roleta-russa.

Engasgos rendem cenas hilárias, mas levo o assunto a sério, pois quem já teve o desprazer de passar por isso sabe o quanto é estressante. E se a cena se der em local público, não só é estressante como constrangedor. Difícil manter a pose quando se está prestes a morrer sufocada, com os olhos esbugalhados e o rosto ganhando o tom de beterraba.

Acontece comigo com uma frequência que não chega a ser alarmante, mas manda a prudência que eu não relaxe tendo um copo em mãos. Não engasgo com sólidos, apenas com líquidos. Já vivenciei o problema no meio da madrugada, ao tomar água, e também em restaurantes, bares, até em beira de piscina. Sofro só de imaginar que um dia possa ocorrer durante uma palestra ou uma entrevista. Hoje me concentro demais para que a epiglote (porta de entrada do ar nos pulmões) não feche em hora indevida, mas às vezes estou empolgada com a conversa, emocionada até, e aí é que o rolo acontece. Se dá para manter a classe? Olha, nem sendo a Costanza Pascolato.

Quase sempre estou acompanhada, e quem me conhece sabe o que fazer: é a manobra de Heimlich, criada pelo médico americano Henry Heimlich, que em 1974 inventou um método simples para induzir uma tosse artificial. O salvador deve se posicionar por trás do engasgado e abraçá-lo mantendo as duas mãos bem abaixo do peito dele, fazendo uma pressão curta, porém firme em direção ao tórax tantas vezes quanto necessário. Pequenos socos até que seja expelido o que estiver interrompendo aquele bate-papo que, até então, transcorria de forma tão agradável. É um procedimento mais indicado para quem tem algo sólido obstruindo a respiração, mas mesmo com líquidos funciona. Comigo, ao menos, funciona, ou não estaria aqui respirando e escrevendo.

Considere essa crônica um serviço de utilidade pública. Mesmo as balas Soft tendo sido banidas do comércio (nada sei sobre o mercado negro), ainda assim há muitas coisas que nos engasgam, entre sólidos, líquidos e emoções sortidas: quem já não quase sufocou com um beijo? Se for para faltar o ar, que seja por amor, que também é doce.

*16 de outubro de 2013*

# Oba, a fila não anda

As duas chegaram à minha frente rindo muito, felizes da vida. Eu, sentada atrás de uma mesa, tirei conclusões apressadas: são irmãs, são amigas de infância, são colegas de trabalho, talvez namoradas. Autografei o livro para uma e autografei depois o da outra, pois estava ali a trabalho. E elas se cutucavam, cochichavam, tiravam fotos juntas, não se desgrudavam. Me surpreendi com aquela alegria tão refrescante, já que o óbvio seria encontrá-las esmorecidas: ambas estavam há mais de uma hora numa fila que andava a passos lentos. A morosidade não era culpa minha, e sim da situação, mas mesmo assim me desculpei e agradeci: obrigada por esperarem tanto. "Imagina, em que outro local teria conhecido aqui a Adriana? Filas são ótimas para fazermos novas amizades." E saíram as duas rumo ao primeiro chope de suas vidas agora interlaçadas.

E já que tudo está interlaçado, no dia seguinte mesmo recebi um e-mail com uma sugestão de texto de uma senhora que não era nenhuma daquelas duas moças, mas que também havia feito uma amizade em uma fila: "Escreva sobre essa conspiração do destino: pessoas que se conhecem enquanto aguardam para ser atendidas".

Estou aqui cumprindo ordens.

Não odeio filas porque não odeio nada, mas não é um acontecimento pelo qual eu anseie. Fila, para mim, é a representação máxima da perda de tempo, e tempo é algo que valorizo mais do que pérolas, jades, rubis. Não escapo de enfrentá-las em bancos, cinemas e em sessões de autógrafos de amigos escritores, mas não recordo de ter feito alguma nova amizade durante a espera. Ou fiz?

Sim, conversa-se em filas. Ainda mais se a fila for demorada e provocar queixas: dois irritados é o começo de uma rebelião. Tem uma rede de supermercado na cidade que me deixa com os nervos destruídos, quase já não o frequento, só em raríssimas ocasiões para comprar dois ou três itens urgentes, e mesmo assim ele desafia meu espírito budista com seus poucos caixas abertos, seus funcionários mal treinados, seus carrinhos abandonados no estacionamento, suas sacolas plásticas que não resistem até a chegada em casa. Nem mesmo o cartaz avisando que agora existe um gerente (virtual) adianta grande coisa. Então, na inevitável fila que se forma, nos transformamos, todos, em clientes guerrilheiros a fim de ver sangue. Não inauguramos ali amizades fraternas, mas ter uma raiva em comum já é um elo.

Desviei do assunto. Era para eu ter falado de pessoas que se tornam amigas de infância durante uma conversa em pé, aguardando pacientemente para realizar sua meta. Conclusão? Até das chatices se pode tirar algum proveito. As filas tornaram-se o novo bar – em frente aos quais, aliás, elas se formam também, longas, animadas, fervilhantes, não raro sendo a principal razão de se ter saído de casa.

*19 de outubro de 2013*

# Enquanto isso, nos bastidores do universo

Você planeja passar um tempo em outro país trabalhando e estudando, mas o universo está preparando a chegada de um amor daqueles de tirar o chão, que fará você jogar fora seu atlas e criar raízes no quintal como se fosse uma figueira.

Você está muito satisfeita com a vida que tem e, se acabar seus dias desse mesmo jeito, ficará mais do que agradecida, porém publicará no Facebook uma foto incrível que tirou de um menino de rua e essa postagem despretensiosa vai lhe abrir as portas para uma nova carreira que você nem suspeitava ser possível iniciar.

Você treina para a maratona mais desafiadora da sua vida, mas não chegará com as duas pernas intactas na hora da largada, e a primeira surpresa será essa: o inferno da frustração. A segunda: durante a passagem pelo inferno fará amigos que lhe ofertarão uma nova perspectiva de vida, aquela que você não imaginava que existia e que também lhe desafiará, só que de forma mais passiva.

Você não tinha certeza se queria filhos, mas todos em volta perguntavam: se não tiver, quem vai cuidar de você na velhice? Caiu nessa esparrela e hoje tem dois filhos amados – um é pesquisador na Antártica e a outra é dançarina em Moscou, ambos muito presentes pelo Skype, sem intenção de voltar.

Você sai toda bonita e cheirosa para encontrar seu namorado na casa dele, acreditando que será mais um encontro como os outros, mas no meio do caminho, num sinal fechado, é assaltada por um brucutu armado que leva seu carro e sua confiança em noites que eram para ser apenas românticas.

Você sai toda bonita e cheirosa para encontrar seu namorado na casa dele, acreditando que será mais um encontro como os outros, e, ao chegar, se depara com um homem inspirado: ele sugere que você não saia mais de lá, que fique morando com ele.

O universo nunca entrega o que promete. Aliás, ele nunca prometeu nada, você é que escuta vozes.

No dia em que você pensa que não tem nada a dizer para o analista, faz a revelação mais bombástica dos seus dois anos de terapia. O resultado de um exame de rotina coloca tudo de cabeça para baixo. Você não imaginava que iriam tantos amigos na sua festa e tampouco imaginou que justo seu grande amor não iria. Quando achou que estava bela, não arrasou corações. Quando saiu sem maquiagem e com uma camiseta puída, chamou a atenção. E assim seguem os dias à prova de planejamento e contrariando nossas vontades, pois, por mais que tenhamos ensaiado nossa fala e estejamos preparados para a melhor cena, nos bastidores do universo alguém troca nosso papel de última hora e não nos comunica, tornando surpreendente a nossa vida.

*13 de novembro de 2013*

# De onde vem a nossa dor

A dor nas costas vem das costas, a dor de estômago vem do estômago, a dor de cabeça vem da cabeça. E sua dor existencial, vem de onde?

Ela vem da história que você meio que viveu, meio que criou – é sabido que contamos para nós mesmos uma narrativa que nem sempre bate com os fatos. Nossa memória da infância está repleta de fantasias e leituras distorcidas da realidade. Mesmo assim, é a história que decidimos oficializar e passar adiante, e dela resultam muitas de nossas fraturas emocionais.

Nossa dor existencial vem também do quanto levamos a sério o que dizem os outros, o que fazem os outros e o que pensam os outros – uma insanidade, pois quem é que realmente sabe o que pensam os outros? Pensamos no lugar deles e sofremos por esse pensamento imaginado. Nossa dor existencial vem dessa transferência descabida.

Nossa dor existencial, além disso, vem de modelos projetados como ideais, a saber: é melhor ser vegetariano do que comer carne, fazer faculdade de medicina do que hotelaria, namorar do que ficar sozinho, ter filhos do que não ter, e isso tudo vai gerando uma briga interna entre quem você é e entre quem gostariam que você fosse, a ponto de confundi-lo: existe mesmo uma lógica nas escolhas?

Como se não bastasse, nossa dor existencial vem do que não é escolha, mas destino: quem é muito baixinho, ou é pobre de amargar, ou tem dificuldade de perder peso vai transformar isso em uma pergunta irrespondível – por que eu? –, e a falta de resposta será uma cruz a ser carregada.

Nossa dor existencial vem da quantidade de nãos que recebemos, esquecidos de que o "não" é apenas isso, uma proposta negada, um beijo recusado, um adiamento dos nossos sonhos, uma conscientização das coisas como elas são, sem a obrigatoriedade de virarem traumas ou convites à desistência.

Nossa dor existencial vem do bebê bem tratado que fomos, nada nos faltava, éramos amamentados, tínhamos as fraldas trocadas, ninavam nosso sono, até que um dia crescemos e o mundo nos comunicou: agora se vire, meu bem. Injustiça fazer isso com uma criança – mas alguém aí deixou totalmente de ser criança?

Nossa dor existencial vem da incompreensão dos absurdos, da nossa revolta pelos menos favorecidos, da inveja pelos mais favorecidos, da raiva por não atenderem nossos chamados, por cada amanhecer cheio de promessas, pela precariedade das nossas melhores intenções e pela invisibilidade que nos outorgamos: por que nunca ninguém nos enxerga como realmente somos?

Dor de dente vem do dente, dor no joelho vem do joelho, dor nas juntas vem das juntas. Nossa dor existencial vem da existência, que nenhum plano de saúde cobre, de tão difícil que é encontrar seu foco e sua cura.

*24 de novembro de 2013*

# Um toque da Tailândia

Passei os últimos 21 dias realizando um sonho antigo: conhecer a Tailândia e, de quebra, dar um pulinho no Camboja logo ali ao lado – ainda que seja um disparate falar em "logo ali" ao referir-se à Ásia. Acompanhada do grupo seleto comandado pelas gurias do *Viajando com Arte,* vivi em três semanas o que nunca imaginei possível em menos de três vidas: fiz desde um safári de elefante até rafting de jangada, fui de mergulho em alto mar a passeio de barco por aldeias flutuantes, de luau na beira da praia a cerimônia de bênção de um monge, sem falar na apimentada aventura gastronômica e no impacto de conhecer os templos de Angkor montada numa bicicleta. Cada dia parecia ter 40 horas, exatamente o que se deseja quando se está num ritmo frenético de trabalho, com a vantagem de o trabalho ter sido deixado pronto antes.

Os detalhes ficarão para a segunda parte de *Um lugar na janela*, relatos de viagem que um dia voltarei a publicar. Por ora, sendo o espaço curto, saliento o reencontro com algo que se tornou raro entre nós: a delicadeza.

O Oriente não grita. O Oriente sussurra.

Além de usarem um tom de voz absolutamente relaxante para nossos ouvidos estressados, nunca vi tantos sorrisos em rostos estranhos. As pessoas sorriem o tempo todo umas para as outras. Por nada.

Por tudo. Trabalham sob um calor massacrante e ainda assim não se emburram, não perdem a compostura, não passam a mão na testa, parece que nada que é externo os atinge. O ar-condicionado funciona por dentro. A alma é que é climatizada.

Sua cultura não estimula o contato físico que para nós é tão normal: nem abraços, muito menos esbarrões. Não se tocam com o corpo: o contato se dá com o olhar direto e com o semblante sereno de quem, em sua infinita calma (90% da população é budista), tem tempo para ouvir os outros e para repetir informações pacientemente até que fique claro que o importante não é tocar, e sim trocar.

Até mesmo no apressado e caótico trânsito de Bangcoc a coisa se resolve sem buzina.

Pessoas viajam pelo mundo para conhecer monumentos, comer, comprar. A atenção geralmente é voltada para o que se pode fotografar com a câmera e administrar com o bolso. A Tailândia e o Camboja são realmente fotogênicos. Quanto às compras, o mundo virou um supermercado gigante e o que se comercializa lá é vendido aqui também, compra-se mais por impulso do que pela novidade. O que não se globalizou (ainda) é o espírito do lugar, e isso é que verdadeiramente encanta: a reverência que não é submissão, mas respeito. O silêncio que não é timidez, mas educação. E flores e cores em abundância que traduzem a importância do mínimo essencial: a beleza que não é vaidade, mas manifestação de amor à vida.

Impossível não voltar tocada.

*27 de novembro de 2013*

# De pés descalços

Para quem vive em locais quentes e com praia, andar de pés descalços não é nenhuma novidade. Já para quem, como eu, passa a metade do ano usando botas e sapatos fechados, a chegada do verão resgata o prazer de receber diretamente do solo a energia vital que circula pelo corpo todo. Posso estar dando uma importância excessiva ao fato, mas é que andar de pés descalços me remete ao menino das selvas que habitou minhas fantasias da infância, o Mogli. Sapatinhos de cristal sempre me pareceram afetados e apertados demais.

Porém fui me dar conta disso, conscientemente, só agora. É que passei os primeiros 20 dias de novembro viajando pela Tailândia e pelo Camboja (saí de circulação inclusive on-line, o que explica não ter respondido e-mails) e o que menos levei na bagagem foi algo para calçar. Apenas um chinelo para o dia, uma rasteirinha para a noite e um par de tênis para as aventuras mais radicais – inclusive os tênis ficaram por lá: não sobreviveram às emoções off-road vividas de bicicleta em torno do templo de Angkor nesse finalzinho da estação das chuvas cambojanas.

Na Tailândia, o convite para deixar os calçados na porta, antes de entrar nos lugares, é frequente, e isso me obrigou a ter contato direto com a madeira, com o mármore, com as pedras rústicas e, principalmente, com a terra: visitando plantações de arroz, andando de barco por aldeias flutuantes, visitando templos e palácios, e mesmo em restaurantes, meus pés reaprenderam a sentir. E não falo de sentir vergonha, ainda que devesse, já que os meus são poucos inspiradores para fetiches. Falo em sentir um grau de pertencimento que o costume e o conforto geralmente impedem.

Se nas vilas e cidades tive o mundo aos meus pés, o que dizer das praias de Krabi, Koh Phi Phi e demais ilhas paradisíacas do sudeste asiático? Pisava na areia de dia e inclusive à noite, jantando a poucos passos do mar, monitorada pela lua. Nem mesmo pés de pato coloquei para mergulhar.

Está aí o verão, que em alguns Estados do norte e nordeste do país não é uma temporada tão diferente do inverno. Nesses casos, os pés descalços já fazem parte da indumentária habitual. Mas para os que têm apenas esses poucos meses para descer do salto, é hora de conceder-se a delícia de sentir o calor e o frio que vêm da base. Perceber o seco e o úmido, o macio e o árido, o liso e o áspero – que absorvamos todas as texturas, sem importar que esse despojamento nos roube a classe e o charme: aliás, rouba nada, a meu ver. Se, em sentido figurado, somos obrigados a manter os pés no chão o ano inteiro, que o façamos agora também literalmente, pelo simples e relaxante exercício de uma liberdade que anda cada vez mais em desuso.

*1º de dezembro de 2013*

# Conversas iluminadas

Tem coisa mais xarope do que faltar luz? Outro dia estava terminando de escrever um texto e não consegui concluí-lo: o céu enegreceu, trovões começaram a espocar e foi-se a energia da casa. Eram 15h10. A luz só voltou às 20h. Fiquei com aquele pedação de dia sem poder trabalhar. Então bati à porta do quarto da minha filha e percebi que ela também estava à toa, sem conseguir desfrutar da companhia inseparável do seu laptop. Ficamos as duas ali nos queixando do desperdício de tempo, até que nos jogamos na cama dela e começamos a conversar. Que jeito.

Conversamos sobre os sonhos que ela tem para o futuro, e contei os que eu tinha na idade dela e de como a vida me surpreendeu desde lá até aqui. E ela me divertiu com umas ideias absurdas que só podiam mesmo sair de sua cabeça inventiva, e eu ri tanto que ela se contagiou e riu muito também de si mesma. Então ela me falou sobre uma peça de teatro a que foi assistir quando eu estive viajando, e ela disse que eu teria adorado, e combinamos de ir juntas na próxima vez que o ator voltar a Porto Alegre. Aí eu contei o que fiz durante essa viagem que me impediu de estar com ela no teatro, e vimos as fotos juntas. Então foi a vez de ela me apresentar o novo disco da Lady Gaga (pelo celular), e ela me convenceu de que existe muito preconceito com essa cantora que, em sua opinião, é revolucionária, e escutei umas seis músicas e não gostei tanto assim, mas reconheci ali um talento que eu estava mesmo desprezando. Então foi minha vez de tocar para ela uma música que eu adoro e ela fez uma careta, e concluí que a careta era eu. E rimos de novo, e conversamos mais um tanto, e então fomos para a cozinha comer um resto de salada de frutas que estava a ponto de estragar naquela geladeira sem vida, já que a luz ainda não havia voltado.

Será que não havia voltado mesmo? Engraçado, fazia tempo que não passava uma tarde tão luminosa.

Quando por fim a luz voltou, voltei também eu para o computador, e voltou minha filha para seu Facebook, e só o que se escutava pela casa era o barulho das teclas escrevendo para seres invisíveis – falávamos com quem? Com o universo alheio.

E tive então um insight: tem, sim, coisa mais xarope do que faltar luz. É ficarmos reféns da tecnologia, deixando de conversar com quem está ao nosso lado. Se é preciso que a energia elétrica seja cortada para resgatar a energia humana, que seja, então. Não em hospitais, não em escolas, mas dentro de casa, uma horinha por semana, não haveria de causar um estrago tão grande. Se acontecer de novo, prometo não reclamar para a empresa responsável pelo abastecimento. Que não demore tanto para voltar a ponto de estragar os alimentos na geladeira, mas que seja suficiente para me alimentar da clarividência e brilho de um bom papo.

*15 de dezembro de 2013*

# À flor da pele

Quando tento buscar na memória a menina que fui, não consigo me ver chorando. No colégio? Nunca. Em casa? Só de forma muito reservada e profunda no silêncio do meu quarto, jamais por fricotes infantis. Mesmo adolescente, com os hormônios em curto-circuito, tampouco lembro de abrir as torneiras. Era durona, não chorava nem quando havia sério motivo para tal – aliás, bastava que algum parente distante tivesse morrido para me dar uma vontade louca de rir. Tinha vergonha de me emocionar.

Depois veio a idade dos namoros, e aprendi a chorar por dor de cotovelo e também por autopiedade. Meu choro era tão sentido, vinha de zonas tão secretas em mim, que mesmo quando o motivo do choro já havia se dissipado eu continuava chorando pela simples emoção de estar testemunhando a minha tristeza reprimida que finalmente desaguava – eu chorava pela comoção que eu mesma me causava.

Chorei por amor e ainda vou chorar, porque é da natureza do amor despertar nossas fragilidades. Chorei no momento em que minhas filhas nasceram, porque o esforço e a intensidade da emoção do parto faz tudo vazar sem barragem que represe. E chorei de raiva nas poucas vezes em que me senti injustiçada. E só. Tudo choro emocional, mas com razão conhecida.

Porém acabou o tempo de estio, quando eu chorava tão de vez em quando que podia lembrar a data. Nos tempos que correm, as lágrimas também correm – muito! E se antes chorava por alguma emoção irreprimível como o nascimento de um filho ou por um sofrimento doloroso como a partida de um grande amor, ando chorando agora durante a Dança dos Famosos. Quando o Gabiru fez o gol que deu ao Inter o Campeonato Mundial de Clubes, chorei. Quando uma criança canta na festinha da creche: "Quero ver você não chorar/não olhar pra trás...", me debulho. Choro em formatura. Choro em discurso de família. Chorei quando os Stones entraram no palco no Hyde Park e quando Paul McCartney cantou *My Love* no Beira-Rio. Choro com os fogos de artifício do Réveillon. Choro no trânsito. Choro quando os caixões são fechados, mesmo que eu não conheça quem esteja dentro. Choro ao ver qualquer pessoa chorando. Choro em aeroporto. Choro no banho. E quando ouço *Chão de Giz*, do Zé Ramalho, daí não são apenas olhos marejados: transbordo. Essa música toca em alguma coisa que me cala fundo e ainda não sei o que é.

Dizem que ficamos mais amolecidos com a idade, mas eu achava que estavam se referindo às dobrinhas nos joelhos. Pelo visto, os sentimentos, com o tempo, também afrouxam. Melhor assim: deixam de empedrar e de nos enrijecer por dentro. Deslizam pela face e nos purificam: ficamos banhados, limpos, batizados.

*26 de janeiro de 2014*

# Meu ladrão era um amor

Ela contou a história com os olhos brilhando. Havia acontecido o seguinte: era início de tarde quando ela embicou o carro em frente à garagem, estava voltando para casa com a filha de 10 anos no banco traseiro. Ela não sabe de onde ele surgiu: o homem simplesmente se materializou ao lado da sua janela portando um revólver. Mandou que ela saísse do veículo e que deixasse a chave na ignição. A primeira coisa em que ela pensou foi na filha, claro, que estava sentada atrás do banco do carona. Ordenou à menina com autoridade de mãe: "Sai do carro agora, Valéria". A menina não se mexeu, estava em estado de choque. "Sai, Valéria. Agora!" A menina, que tinha total capacidade de se movimentar sozinha, não moveu um músculo. Minha amiga não quis sair e deixar a menina ali atrás, não confiava que o ladrão fosse esperar até ela caminhar em volta do carro para ajudar a retirar a filha. Ao mesmo tempo, temia que o gesto brusco de virar todo o corpo para trás a fim de puxar Valéria para si fosse considerado por ele alguma espécie de reação e ele atirasse.

Ela tinha um milésimo de segundo para decidir, mas ele decidiu por ela: "Eu espero". O quê? "Vai tirar tua guria do carro, eu espero." E abriu a porta para ela sair, como se fosse um manobrista ou um príncipe encantado. Ela pediu permissão para puxar a menina para o banco da frente, ele autorizou. Resgatada, a menina se grudou no pescoço da mãe e saíram as duas pela porta do motorista, ele aguardando calmamente a operação com a mão no trinco. Com o carro desocupado, foi a vez de ele entrar e ir embora – "sem cantar pneu", lembra ela. "Meu ladrão era um amor."

"*Meu* ladrão." Hoje, cada um de nós tem o seu. Algumas pessoas, até mais de um. O ladrão da minha amiga era um amor porque, segundo ela, não parecia drogado e tinha compaixão (o que ela chama de compaixão talvez fosse apenas o bom senso de não levar uma criança com ele no próximo assalto que iria fazer, mas, vá lá, pode ter sido compaixão). O cara não a agrediu, não deu coronhada, não a chamou de vagabunda, não a torturou psicologicamente com frases como: "Ou a guria sai ou levo junto!", "Ou ela cai fora ou leva chumbo!". Será que o ladrão dela sabia rimar? Talvez. Era um amor.

Minha professora de pilates é um amor, minha astróloga é um amor, minha florista é um amor: são gentis, sorridentes, tornam a minha vida melhor. Já ladrão é aquele sujeito que, se prevalecendo do semiaberto, ameaça outras pessoas na rua levando embora seus bens e sua confiança, que jamais serão recuperados.

Mas não levando nossa vida são uns amorecos mesmo.

*19 de março de 2014*

# Alguma coisa

Recebi o e-mail de uma mulher madura contando que ela e o marido estão praticamente vivendo um para o outro, pois estão decepcionados com os demais semelhantes – cuja semelhança ela não vê, aliás. Resumo aqui suas palavras: "Somos instruídos e temos ótimo pique, porém estamos cada vez mais isolados, os filhos moram longe e as demais pessoas não nos dizem nada. Gostamos de coisas que ninguém gosta. Nosso nível de tolerância é mínimo diante da hipocrisia humana, do politicamente correto, do bairrismo, dos fanáticos, dos mal-educados, dos ridículos, dos sem noção, dos burros, dos ignorantes e da manipulação da massa através dos meios de comunicação".

Escapei não sei como. Ela diz que comigo até que gostaria de conversar, e me pediu opinião sobre sua ansiedade. "Se meu marido morrer, ficarei perdida."

Bom, eis um caso de uma mulher que cruzou com sua alma gêmea, o que a coloca em vantagem. Porém, ela procura almas gêmeas também na vida social. Amiga, desista. Você já encontrou a sua e casou-se com ela, valorize a sua sorte, não seja fominha.

Brincadeiras à parte, dizer o quê? Afora os seres intragáveis, a maioria das pessoas possui alguma coisa que fecha com a gente. Alguma coisa. Não precisa fechar em tudo. Tem aquela amiga que é ótima para viajar, tem a santa que ouve nossos lamentos, aquela outra que é uma alegre parceira de indiadas, a que sempre tem uma bolsa de festa para emprestar, a que se oferece para dar carona, a que é companheira para assistir a filmes iranianos, a que diz tanta bobagem que é impossível não rir. Alguma coisa, entende?

Minha leitora deveria diminuir o nível de exigência e extrair das pessoas o seu melhor, deixando o pior pra lá. A vizinha chata pode ser uma ótima professora de espanhol, a avarenta pode preparar um risoto caprichado, a cafona pode ser aquela que ficará na cabeceira da sua cama quando você estiver com um febrão. Todos têm seu lado A e B – nós, inclusive.

Compreendo que minha leitora tem um estilo de vida arrojado e uma cabeça cosmopolita que destoa da cidade onde vive, que não é nenhuma Nova York. Então por que não se muda para uma urbe mais vibrante? Se não der, que baixe a guarda e procure as agulhas no palheiro, elas existem. Tive uma amiga que igualmente acreditava ter nascido no planeta errado, para ela todos também eram bairristas, ignorantes e ridículos – e quanto mais ela discursava sobre seu inconformismo, mais ela própria parecia bairrista, ignorante e ridícula. A falta de condescendência nos bitola.

Querida leitora, torço para que consiga encontrar pessoas afins e interagir com as menos afins sem tanto rigor. Você faz bem em se grudar no seu marido – um companheiro que é seu melhor amigo é uma bênção –, mas não julgue tão severamente os que estão em volta. Eles podem ser úteis, nem que seja para você exercitar sua humildade.

*30 de março de 2014*

# Mulheres cabeludas

"Deixe os pelos do corpo crescerem e aparecerem, e ao inferno com o que os outros pensam." Esse é o slogan do movimento *Hairy Awarey*, que aqui no Brasil ganhou o nome de "Peludas Conscientes". Mulheres no mundo todo estão lutando pelo direito de deixarem as axilas cabeludas, assim como as pernas e provavelmente o bigode, por que não? Madonna semana passada postou numa rede social uma foto com o braço levantado mostrando que é adepta.

"Lutar pelo direito" é força de expressão, pois esse direito existe, ninguém vai presa por não se depilar. Mas lá se vai uma das poucas diferenças que ainda tínhamos com os homens.

Eu sei, eu sei que depilação com cera é uma tortura. Mas se a mulher não tem tempo, dinheiro ou vontade de ir a um salão periodicamente para se submeter ao procedimento, então que use uma lâmina de barbear durante o banho e zás! Elimine os pelinhos das pernocas e das axilas. Todo dia, da mesma forma que usamos xampu e sabonete. Depois é só enxugar, passar um hidratante e fim de drama. Ou então busque outra solução: há tantos cremes depilatórios vendidos em farmácias e supermercados. Sem falar na revolucionária pinça.

Eu sei, eu sei que a mídia é a culpada de tudo que nos acontece. É culpada de não mergulharmos num tonel de chocolate como gostaríamos, é culpada de fazer a gente acordar cedo para praticar exercícios, é culpada das centenas de escovas para alisamento, é culpada até de termos nascido, se bobear. Mas devagar com a carruagem, princesas. Se por um lado é realmente esquizofrênica essa busca pelo padrão de beleza photoshop, há que se concordar que o estímulo à vaidade nem sempre é predador. Buscar a feminilidade não nos torna submissas, escravas, reféns, nem nada que faça retroceder as conquistas estimuladas por Simone de Beauvoir e turma. Ser feminina é um prazer. Não precisamos nos igualar aos homens em todos os quesitos. Ando por aqui com essa história de igualdade, igualdade, igualdade. Quando começa a virar fanatismo, boa coisa não vem.

Aproveitando a deixa: meninos, vocês, sim, mantenham-se peludos, por favor. Nadadores se depilam porque precisam eliminar décimos de segundos de seus recordes, mas vocês não irão competir por uma medalha de ouro nas próximas Olimpíadas, até onde sei. Então sosseguem. Esse sofrimento é nosso, vocês têm o de vocês: queda de cabelo, exame de próstata, expectativa de vida menor. Cada um com a sua dor.

Eu sei, eu sei que a liberdade da mulher é um valor a ser defendido com unhas e dentes. Mas com unhas feitas e dentes escovados, de preferência, e sem pelos distribuídos pelo corpo. Ninguém disse que para sermos livres teríamos que voltar para a selva.

*30 de março de 2014*

# Casa comigo

Os dois namorados estavam dentro do carro, à noite, estacionados em frente ao prédio da excelentíssima, discutindo a relação. Discutindo mesmo, aos berros, brigando. Em meio a algum "pra mim chega!", surgiram dois meliantes armados e interromperam aquele bate-boca. Transferiram os namorados para o banco de trás e saíram em disparada com eles: sequestro relâmpago. Rodaram a cidade durante 50 minutos, fizeram saques em caixas eletrônicos, até que os levaram para um lugar ermo, no meio do mato. Duas coronhadas, uma em cada um, rostos sangrando, mas era pouco: despiram os dois, deixando-os apenas com a roupa de baixo, e os amarraram em troncos de árvores. Não houve agressão sexual, mas não se pode dizer que foi um passeio no bosque. Em plena madrugada, abandonaram o casal imobilizado e seguiram com o carro do rapaz rumo à impunidade garantida.

Restou o silêncio. Assustados, os dois tentaram, tentaram de novo, e conseguiram, finalmente, se desamarrar. Livres, sozinhos, sem saber onde estavam, olharam um para o outro e tiveram um ataque de riso. Ele a abraçou fortemente e só conseguiu dizer duas palavras: "Casa comigo".

Aconteceu mesmo. Quem me contou, olho no olho, foi a protagonista feminina da história. Eu não conseguiria imaginar pedido de casamento mais romântico. Sem vinho, sem luz de velas e sem anel de brilhantes – um pedido movido simplesmente pela emergência da vida, pela busca de uma felicidade genuína, pela supressão da razão em detrimento da emoção verdadeira.

Estavam para morrer, os dois. Foram unidos pelo mesmo pensamento desde que foram surpreendidos por dois estranhos armados: acabou. Não tem mais por que discutir a relação. Não tem mais relação. Não tem mais manhã seguinte. Não tem mais futuro. Acabou. Que perda de tempo. Para que brigar? Para que se estressar com ciúmes, com queixas, com mágoas? Acabou.

E então descobrem que não acabou. Desamarram-se, estão nus por fora e por dentro, despidos de qualquer racionalidade, apenas aliviados com o desfecho da aventura e absolutamente tomados pela potência do que é essencial na vida. O amor.

Casa comigo.

Estão casados há 10 anos. Não sei se plenamente felizes. É provável que os motivos dos ciúmes e das queixas e de tudo aquilo que explodiu naquela discussão dentro do carro antes do sequestro tenham se repetido outras vezes. A realidade impõe os seus caprichos. Obriga a gente a pensar e manter a sanidade. Maldita sanidade.

Mas houve um momento em que eles não pensaram. Só sentiram. Sentiram tudo. Sentiram sem amarras. Sentiram soltos. Sentiram livres. Pura emoção. E a emoção se impôs: casa comigo. Tiveram os piores padrinhos do mundo: a violência e o medo. Mas que beijo deve ter sido dado ali no meio do nada.

*6 de abril de 2014*

# A dor do crescimento

Eu tentava descrever como era aquela dor, mas não encontrava jeito. Acontecia nas pernas, nas duas ao mesmo tempo. Não era fadiga muscular, não era um machucado, nem torção, nada tinha inflamado, eu não havia batido com elas numa mesa, nem tropeçado, não parecia nem mesmo dor, e sim um incômodo, um alerta interno. Eu podia caminhar, até correr, se quisesse. Mas não estava tudo bem, e quando eu vencia a vergonha de não conseguir explicar exatamente o que sentia e me queixava daquilo que nem parecia existir de tão aleatório, alguém dizia: não esquenta, é a dor do crescimento.

Um diagnóstico poético demais para uma criança. Como assim, dor do crescimento? Eu crescia numa velocidade irritantemente lenta, poucos centímetros por ano. Não acreditava que esse ganho ínfimo de estatura, imperceptível, pudesse originar dor. Dor vem do choque, vem do baque, deixa marca, tem motivo, não poderia nascer assim de um alongamento que ninguém conseguia enxergar a olho nu.

Reumatismo também não era, porque reumatismo era doença de avós. Tudo bem que eu já estivesse com quase 11 anos, mas não era assim tão velha.

"É dor do crescimento, menina, todo mundo tem, não te bobeia. Já, já passa."

Não passou. Apenas subiu das pernas para o coração e depois foi ainda mais para cima, alojando-se no cérebro. Abandonou os membros inferiores e passou a fazer turismo em duas regiões de mais prestígio. Essa transferência aconteceu logo que eu parei de alongar verticalmente e virei o que se chama por aí de gente grande e estabilizada.

Mas gente grande continua crescendo?

Pois é. Não me peça para explicar, porque sigo não encontrando um jeito de. Às vezes dói no peito, às vezes na cabeça, às vezes nos dois lugares ao mesmo tempo, mas não há nada sangrando, e também não é fadiga, mesmo já se tendo vivido bastante e cansativamente. Torção... Não, também não. De novo, ninguém esbarrou numa mesa, nenhuma parte do corpo ficou roxa, não é um arranhão, nem parece dor.

Então é o quê? Um esgotamento por fazer sempre as mesmas perguntas irrespondíveis, por se retorcer com questões que aparentam ter soluções simples mas não têm, por não aceitar que seja difícil o que deveria ser fácil, por se flagrar tendo reações contundentes quando a vontade era de chorar baixinho, por tentar estabelecer uma forma de vida que organize o caos, mesmo sabendo que o caos está sempre atrás da porta rindo das nossas tentativas de controlá-lo. Nada fica roxo, mas turva a visão. Nada deixa cicatriz aparente, mas não fecha. Fica aberto, latente, insistentemente lembrando a existência daquilo que não se explica, sobre o qual pouco se conversa, mas que, de alguma forma, também faz a gente ganhar em estatura.

Ainda é a dor do crescimento, e não cessa.

*13 de abril de 2014*

# Eu nos outros

Estava caminhando pela rua quando passei por uma mulher muito charmosa, e seu charme era consequência de diversas escolhas acertadas, a começar pelo cabelo. Um corte chanel repicado, rebelde, volumoso, e uma franja comprida e displicente que dava ao look um ar de "acordei assim e saí pra rua", e deve ter acontecido mesmo, ela acordou e saiu pra rua sem nem se olhar no espelho antes, tinha um cabelo que não dava trabalho e a deixava com uma aparência moderna e jovial, mesmo com seus 40 e tantos. Pensei: adoro cabelo curto. Nas outras.

Ela usava uma camiseta regata, então vi que tinha uma grande tatuagem no braço. Era um desenho estilizado, parecia uma padronagem de tecido, não era uma frase escrita, um bicho ou qualquer coisa distinguível – apenas um desenho abstrato que para ela, e só para ela, fazia todo o sentido e a personalizava num grau único. É provável que ela tivesse também tattoos mais delicadas atrás da nuca, no pulso ou no tornozelo, mas a do braço, imensa, era um ato de bravura. Era uma mulher tão colocada, tão escandalosamente ela mesma, que também me senti tudo isso pelo simples fato de apreciar nela o que não tenho a audácia de fazer em mim. Adoro tatuagens. Nos outros.

E ela carregava nas mãos uma jaqueta de couro vermelha. Eu nem precisava ver como ela ficaria vestida com a jaqueta, simplesmente todas as blogueiras de street style a perseguiriam com suas lentes se a vissem caminhando com aquela displicência de quem nasceu para desfilar com uma jaqueta de couro vermelha no meio da tarde de uma segunda-feira a caminho de um encontro com algum amante libanês (não parecia uma mulher que estava indo à missa). E lá se foi ela portando nas mãos aquela peça vermelha que eu achei incrível, eu que não tenho uma única peça vermelha no guarda-roupa, e indo ao encontro de um fantasioso amante libanês que tampouco faz parte do meu currículo.

O que me impede de tosar o cabelo, fazer uma tatuagem no braço e comprar uma jaqueta vermelha? Nada. Simplesmente acontece de a gente gostar muito de certas coisas, mesmo não tendo impulso suficiente para adotá-las como nossas. É um exercício elevado de apreciação: saúdo quem acorda às 5h da manhã para correr e também quem atravessa a noite dançando – não faço uma coisa nem outra. Admiro quem tira um ano sabático para meditar num ashram e também quem vai a Nova York de três em três meses. Quem decide não ter filhos e quem tem e ainda adota alguns. Quem coleciona amantes e quem mantém um único e eterno casamento. Quisera eu poder contar com sete vidas para abraçar todos os jeitos de ser e de estar no mundo, mas, tendo uma vidinha só, faço as escolhas que melhor me identificam, sem deixar de aplaudir as minhas renúncias.

A todas as outras mulheres que não sou – ou que não sou ainda –, meu sorriso e uma piscadinha cúmplice.

*27 de abril de 2014*

# O avião da Malaysia

Toneladas de aço, uma montanha de bagagens, 239 pessoas a bordo e não se encontra nem uma garrafa pet boiando no mar para indicar onde, afinal, estão os destroços do Boeing 777 da Malaysia Airlines que sumiu dos radares há dois meses – completados amanhã. Um sofrimento atroz para os parentes de todos os desaparecidos. Ninguém consegue compreender o que aconteceu, não há como adivinhar. É tudo especulação (e há várias: conspirações envolvendo talibãs, piloto abduzido pelo demônio, sequestro por extraterrestres etc.).

Um acontecimento desestabilizador como este ao menos serve para baixar nosso topete e nos fazer lembrar que, mesmo num mundo com extraordinário alcance tecnológico, onde todos sabem de tudo e ninguém mais consegue se esconder, ainda há espaço para o mistério.

Mantenho uma atitude respeitosa diante dessa ausência total de pistas, desse aturdimento, desse suspense que desafia o cérebro. Quando um avião, que é um negócio gigantesco, sólido e monitorado, de repente some como num passe de mágica, somos obrigados a nos reposicionar diante da vida, a nos colocar em nossos devidos lugares. A raça humana desce do pedestal e se reencontra com sua humildade.

Simplesmente, há coisas que nunca ficam esclarecidas.

Ainda bem que são poucas, ainda bem que nem sempre. Não conseguiríamos ir adiante se só colecionássemos perguntas sem respostas. Necessitamos de teorias, fórmulas, confirmações. Elas finalizam as dúvidas, encerram as questões para que a vida possa ser regenerada, recomeçada, para que novas perguntas possam ser feitas, para que superemos o já feito e planejemos outros passos. É assim o processo. Precisamos que acabe. Tudo. Sem a consciência e o exercício da finitude, não há como valorizar o caminho percorrido. Escrevemos, projetamos, construímos, pesquisamos, e esse longo trabalho só se justifica quando alcançamos algum desfecho. Ele pode até demorar, mas, sem ele, cai-se no vazio, parece que todo o esforço foi em vão.

O avião da Malaysia desviou-se do seu plano de voo e não concluiu a viagem, desafiou a lógica: decolou naquele 8 de março que chamamos de "antes", mas não chegou ao depois. Tudo indica que se manterá eternamente no durante, que é um espaço de tempo invisível, sem registro.

Quando compreendemos algo, quando destrinchamos uma situação, quando estamos a par do que aconteceu, dormimos mais tranquilos e seguros, protegidos pela racionalidade. Entender nos aterrissa. O não entender, ao contrário, é livre, rebelde e nos conduz ao infinito. Todas as possibilidades são consideradas, nenhuma possibilidade também. Não há fim. Não há morte. Não há ponto final.

Apenas a transgressora, poderosa (e enlouquecedora) reticência que fica inexplicada para sempre.

*4 de maio de 2014*

# Fiz um bom negócio

Viva a filosofia popular, que pode ser extraída até mesmo de uma propaganda. Ainda que seja bizarro ver o Sérgio Mallandro, o Supla, a Narcisa Tamborindeguy e o Compadre Washington decapitados em cima de máquinas de lavar, carrinhos de bebê e aparelhos de som, a ideia é boa. Desapega, desapega.

Você tem feito um bom negócio?

A todos os ligeiros, minha admiração e cumprimentos. Sou do time das apegadas – portanto, das lentas. Costumo esticar a validade de tudo, sempre acreditando que ainda há um jeito, que ainda não se esgotaram as tentativas, e assim vou guardando roupas que não uso mais, ideias para textos que não chegaram a ser escritos e principalmente pessoas com quem já não tenho compatibilidade, apostando na fé celestial de que voltarão a significar o que significaram um dia.

Não voltam. Desapega, desapega.

Aqueles sonhos que você tinha de que o casal envelheceria companheiro, de que vocês dois atravessariam madrugadas conversando? Desapega.

Que depois da conversa ainda sobraria algum desejo? Desapega, desapega.

Essa é pra mim: "sabe nada, inocente". Tão racional por um lado, tão romântica por outro. Poderia já ter mudado de vida, não fosse tão apegada àqueles com quem construí vínculos, acreditando na potência da intimidade, algo que não se cria em dois ou três meses, é preciso um investimento a longo prazo. Mas o tempo está passando, e é preciso deixar de acreditar em romantismo, o mundo está obcecadamente instantâneo, frenético, inconstante. Desapega.

Tá, desapego. Mas o que me darão em troca?

Leveza, dizem.

Ok, é um bom negócio. Fechado.

Leveza é uma conquista da maturidade. Quase não a encontramos entre adolescentes e jovens de 18, 22, 26 anos, todos preocupados em ganhar dinheiro, encasquetados com questões irrespondíveis, tentando controlar aquilo que é alçada do destino apenas. Julgam-se superpoderosos, detentores de uma sabedoria particular, só deles. Carregam nas costas sua mochila cheia de planos, defendem com vigor suas escolhas, enquanto nós, que já fomos como eles um dia, hoje sabemos que não adianta, a vida é metade o que escolhemos e metade o que não escolhemos: a parte que se impôs sem chance de negociação. Tivemos que vivê-la também. Nem tudo se consegue planejar.

Cedo ou tarde eles aprenderão que pouco se pode fazer contra o surgimento das fatalidades, dos imprevistos e das urgências emocionais. Que chegará a hora de depositar as armas no chão, levantar os braços e deixar que a vida os conduza.

É quando finalmente se faz um bom negócio: a gente abre mão do nosso velho e rançoso discurso de sabe-tudo e, em troca, a vida nos devolve a graça e a delicadeza. Para que carregar tanto peso, tanta certeza, tanta ilusão? Desapega, desapega.

*18 de maio de 2014*

# Quanta felicidade eu aguento?

"Te desejo toda a felicidade que puder aguentar." Foi com essa frase que uma pessoa que gosta de mim encerrou seu e-mail, e fiquei petrificada diante do computador, um pouco pela explosão de gentileza de alguém que nem conheço e outro tanto pela contundência que me fez pensar: quanta felicidade eu aguento?

Desde que lancei um livro com a palavra "feliz" no título (a coletânea de crônicas *Feliz por nada*, de 2011) que respondo até hoje a uma infinidade de entrevistas com esse mote: o que é, afinal, ser feliz?

Bom, quando estou triste, estou feliz. Não sei se isso responde.

Felicidade não tem a ver com oba-oba, riso frouxo, vida ganha. Isso é alegria, que também é ótima, mas que não tem a profundidade de uma felicidade genuína que engloba não só a alegria como a tristeza também. Felicidade é ter consciência de que estar apto para o sentimento é um privilégio, e que quando estou melancólica, nostálgica, introvertida, decepcionada, isso também é uma conexão com o mundo, isso também traz evolução, aprendizado.

Feliz de quem cresce. Mesmo aos trancos.

Infelicidade, ao contrário, é inércia. A pessoa pode passar a vida inteira sem ter sofrido nada de relevante, nenhuma dor aguda, mas atravessa os dias sem entusiasmo, anestesiada pelo lugar-comum, paralisada por seu próprio olhar crítico, que julga aos outros sem nenhuma condescendência. Para ela, todos são fracos, desajustados ou incompetentes, e não sobra afetividade nem para si mesma: se está sozinha ou acompanhada, tanto faz. Se lá fora o sol brilha ou se chove, tanto faz. Se há a expectativa de uma festa ou a iminência de uma indiada, tanto faz. Essa indiferença em relação ao que os dias oferecem é uma morte que respira, mas ainda assim, uma morte.

Eu reajo, eu me movo, eu procuro, eu arrisco – essa perseguição a algo que nem sei se existe é uma homenagem que presto à minha biografia. Nada me amortece, tudo me liga, tanto aquilo que dá certo como também o que dá errado. Felicidade é uma palavrinha enjoada, que remete só ao bom, mas dou a ela outro significado: é uma inclinação abrangente e corajosa para a vida, que nunca é só boa.

Já a infelicidade é uma blindagem contra o encantamento, é negar-se a extrair das miudezas o mesmo feitiço que as grandezas proporcionam.

Eu celebro o suco de laranja matinal, o telefonema de uma amiga, a saudade que eu sinto de algumas pessoas, o sol caindo no horizonte, a luz que entra pela janela do quarto ao amanhecer, a música que escuto solitária e que me remete a uma inocência que já tive – e pelo visto ainda tenho. Celebro o já vivido e o que está por vir, as risadas compartilhadas e o choro silencioso, e todas as perguntas que um dia talvez sejam respondidas.

Como esta: quanta felicidade eu aguento? Não sei. Que venha. Recusá-la é que não irei.

*25 de maio de 2014*

# Mulher escrevendo enquanto toma chá

Sempre fico insegura na hora de intitular o que escrevo. Meus poemas nunca tiveram título. Nos livros, é a última coisa que escolho (em meio a dúvidas infinitas). E os das colunas refletem a minha preguiça: deveria me esforçar mais para atrair a atenção do leitor, mas depois de já ter me dedicado o suficiente na elaboração do texto, o título é praticamente um resumo do assunto tratado, sem nenhuma acrobacia literária ou jornalística.

Isso explica o fato de eu admirar a simplicidade do título de inúmeras telas expostas nos museus do mundo. São praticamente legendas: *Vista de Paris do apartamento de Theo* é o nome do quadro em que Van Gogh mostra os telhados que seu irmão Theo vislumbrava todos os dias, ou *Campo de trigo com cotovia*, onde o mesmo Van Gogh, com suas pinceladas geniais, mostra o quê? Um campo de trigo sendo sobrevoado por uma cotovia. Nenhuma charada, nenhuma metáfora, nenhuma gracinha. Van Gogh pintou a si mesmo usando um chapéu de feltro: qual o nome da tela? *Autorretrato com chapéu de feltro*. Para que inventar?

É como se a obra dissesse: acredite no que você está vendo. *Jovem camponesa com uma enxada* (Jules Breton), *Casa ao lado da ferrovia* (Edward Hopper), *Criança brincando com um caminhão* (Picasso). Não há dúvida, você está vendo uma camponesa, uma casa, uma criança. E a partir daí, está liberado para descobrir que aquela camponesa é especial, com seu dedo apoiado na face, pensativa em meio ao descanso da lida. E que aquela casa não é uma casa qualquer, mas um ícone da solidão rural diante do crescente progresso. E que aquela criança brincando com um caminhão não é um menino, e sim uma menina, e que os traços decorativos atrás dela não fazem parte de um papel de parede: representam um jardim.

O nome que damos às coisas é apenas um identificador sem maior importância. O que importa é nosso olhar e nosso foco: tudo é único. Cada coisa, cada pessoa, cada gesto, cada segundo é rico de significados e irreproduzível.

*Mulher deitada lendo.* Pelo menos uns 279 artistas poderão pintar um quadro com esse título e veremos 279 representações individuais sobre o mesmo tema. Até um traço horizontal com um asterisco na ponta pode significar uma mulher deitada lendo. O título está ali apenas para nos pegar pela mão e nos levar para dentro – de um quadro, de um texto ou até da vida de alguém. Não por acaso, é a primeira coisa que perguntamos diante de um desconhecido: qual o seu nome? E a partir dali aquela Maria Fernanda ou aquele João Paulo terá nos dado a senha para criarmos uma história da qual faremos parte também.

Você pode me ver agora? Uma mulher escrevendo enquanto toma chá. A partir desse título simplório, você veio parar aqui dentro.

*1º de junho de 2014*

# Não pode

Nunca tinha feito uma ressonância magnética. Primeira vez. Retirei os brincos, a roupa e coloquei um daqueles uniformes azuis de doente. Sentei no banco do corredor, de frente para uma parede, e fiquei ali uns 20 minutos esperando ser chamada. Tudo prometia ser lento, até meus pensamentos se arrastavam. Quando já estava quase pegando no sono (era noite), escutei meu nome e entrei na sala. Outra dimensão. Outro ritmo. Tudo veloz. Ouvi do médico: "Deita. Levanta as pernas no três: um, dois, três. Tá aqui os fones de ouvido por causa do barulho. Tá aqui a campainha se precisar falar comigo. Não te mexe. Não pode, não pode". Levou um segundo e meio para me dizer tudo isso, emendando uma frase na outra como se fosse um cantor de rap. E lá me fui cápsula adentro. Só lembrava da parte do "não pode".

Minha respiração ficou mais profunda. Não te mexe. Não pode. Respirar podia? Percebi meu peito subindo e descendo, arfando conforme eu inspirava e expirava. Deveria trancar a respiração? Havia um som constante nos arredores, parecia o de uma máquina de lavar roupa em funcionamento. E ali, dentro da cápsula, acontecia uma rave, batidão eletrônico, deu a maior vontade de dançar.

Não pode. Não pode. Não pode.

Claro que, não podendo nada, deu também uma coceira no queixo. Eu precisava tossir. Uma mecha do cabelo me incomodava junto ao pescoço. Quase funguei. Tive duas contrações involuntárias nas pernas. O corpo inteiro dava ordens para eu subverter a situação: vai, mulher, te mexe, coça, tosse, funga. E eu ali, múmia obediente, embalsamada, petrificada, ansiosa por movimento.

Basta a gente ouvir um "não pode" para o desejo acordar.

O proibido é uma tentação, sempre foi, desde Adão e Eva. Avisem-me que "não pode" e terei vontade de pular o portão que protege um jardim privado, de entrar na sala destinada apenas aos funcionários, de estacionar na vaga para idosos, de sentar à mesa reservada para quem ainda não chegou ao restaurante, de fumar dentro do avião – e eu nem fumo.

Mas impunidade não é para qualquer um. Cidadãos honestos que pulam muros, entram em salas privativas, estacionam onde não devem, sentam no lugar destinado a outros e fumam no banheiro da aeronave certamente serão multados, advertidos, humilhados. Só mantém-se inalcançável o transgressor profissional, aquele que assalta pedestres ou rouba um carro – esse ninguém pega.

Então eu, bem-educada e temente às ordens que me dão, não me mexo. Faço apenas aquilo que pode, aquilo que resultará num diagnóstico certeiro, sem chance de equívoco: é uma mulher que dá para se confiar.

Vasculharam meu esqueleto e a ressonância não revelou os pequenos crimes que nunca cometi.

*4 de junho de 2014*

# A casaca

Ele, colorado fanático, era casado com uma também colorada, e tiveram dois filhos, dois meninos que obviamente torciam para o Internacional, herdando a paixão da família. Muitos pais têm uma vontade, às vezes secreta, de que os filhos sigam sua profissão, pratiquem a mesma religião, desenvolvam preferências idênticas, mas quando se trata do time de futebol, a vontade deixa de ser secreta para ser escancarada: os filhotes são induzidos abertamente a honrar a camiseta do time. Não raro, os pais colocam a escolha futebolística do bebê já declarada na porta da maternidade. Nasceu Matias, nasceu Luciana, e ao lado do nome o distintivo do Flamengo, do Vasco, do Atlético, do Corinthians ou de qualquer que seja o clube daquela criança que não ousará transgredir uma tradição sagrada.

Mas eu estava falando do Internacional, e de um colorado casado com uma colorada com quem teve dois coloradinhos. Pois ele se divorciou da colorada. E os meninos, de nove e sete anos, ficaram morando com ela, como quase sempre acontece. A separação não chegou a ser litigiosa, mas tampouco foi um passeio: as pendengas de sempre sobre valores de pensão, partilha de bens, sem falar no ciúme corrosivo em relação à nova namorada com quem papai já desfila – como são rápidos esses homens.

Pois ela, a mãe, ainda sem um namorado para distraí-la e considerando-se levemente injustiçada com a situação toda, resolveu irritar o ex-marido ("Para não perder a prática", diz ele). Virou gremista. E, claro, está catequizando os dois moleques para que virem também.

O homem está fora de si. A ex-mulher está usando todos os recursos disponíveis: hinos, uniformes, influência de amiguinhos, idas ao estádio, histórias mal contadas, chantagem emocional e vasto repertório de doutrinação. Os meninos começam a vacilar. O plano está prestes a dar certo.

Eu disse a ele que duvido que os filhos mudem de lado: um pai torcedor costuma ser invencível como exemplo. Mas ele teme pela chegada de um padrasto que desequilibre essa balança de vez.

Que drama.

Virar a casaca é um direito, mas não deixa de ser uma traição. Quando escuto um brasileiro dizendo que vai torcer pela Argentina ou para qualquer outra seleção que não a nossa, não consigo evitar o muxoxo. Sei que o futebol pode ser alienante, pode reforçar ou enfraquecer a imagem de governos, portanto é legítimo o protesto político em forma de torcida contra, mas sempre é incômodo ver a paixão perder para o racionalismo. Pô, de vez em quando é preciso parar de pensar e se entregar para a emoção – para não perder a prática, que seja.

*8 de junho de 2014*

# O fascínio chamado amor

O jogo do amor, nessa véspera de Dia dos Namorados, está sofrendo uma concorrência indecorosa. Só se fala em futebol. A pipoca promete desbancar os bombons, a cerveja promete vencer os cálices de vinho, e beijo, alguém falou em beijo? Só se for para comemorar vitórias em campo. Não é hora de romantismo, e sim de patriotismo.

Suspiro. Nesse clima (ainda que insosso) de torcida organizada, de nação reunida, de milhões em ação, fica difícil dedicar o tema da coluna apenas para dois: um par.

Mas é ao que me propus, desde que li, dia desses (acho que no livro *Doralina,* de Luiz Horácio), uma frase que me fez pensar: "Amar é encontrar aquilo que não se procura". E subitamente lembrei daqueles que se produzem no sábado à noite para sair em busca de paquera, de quem se vale do aplicativo Tinder na esperança de achar sua cara metade, de quem se matricula em todos os cursos prevendo que dali será pinçado um candidato a marido ou a esposa, de quem pede aos amigos para que lhe apresentem solteiros e solteiras à disposição, lembrei de todas as artimanhas justas e válidas para que a pessoa se recoloque no mercado amoroso, numa ânsia também justa e válida de preencher seu vazio emocional – só que o justo e o válido não são mágicos.

Aquilo que vem por encomenda, atendendo a pedidos, pode, claro, satisfazer plenamente seu desejo. Quer casa, comida e roupa lavada? Tem quem ofereça. Quer companhia para o cinema? Aos montes. Quer sexo e nada mais? Comece a distribuir senha. Se você está consciente do que procura, encontrará alguém que se encaixe no seu ideal de relacionamento. Funciona mais ou menos como uma entrevista de emprego.

Justo e válido.

Porém amar é encontrar aquilo que não se procura. Aquilo que surge sem explicação, que não tem lógica, e contra o qual não adianta lutar: nenhuma resistência é suficiente. Amar é puro fascínio. Você cruza com uma pessoa que talvez nem equalize com seus sonhos, mas é com ela que se dá o clique, o curto-circuito, que algo é despertado. A mágica está no que não veio por encomenda, nem atendendo a pedidos, nem no momento certo, nem mesmo pegou você de banho tomado – é um flechaço do Cupido, que às vezes é ruim de mira, mas ao menos tem boa intenção. Ou, se não for a hora de falar em Cupido, mas em Neymar, Fred, Hulk e Jô, pode-se dizer que a mágica é um potente chute de fora da área em que ninguém acreditou, mas a bola entrou assim mesmo. Gol.

Aos namorados de amanhã, grudem-se. Façam essa mágica durar.

Aos solitários de amanhã, torçam – mas pela Seleção, não por si mesmos. Esqueçam um pouco de si mesmos. Permitam-se parar de querer, de procurar, de se preocupar. Sem planos e sem ânsia, aguardem calmamente a chegada do que nunca pediram.

*11 de junho de 2014*

# Cangurus e tamancos

Nesta quarta-feira, foi preciso decidir entre acordar holandesa ou australiana – não concebo presença num estádio sem torcer para alguém. Estarei às 13 horas no Beira-Rio e, mesmo não sendo meu time que entrará em campo, torcerei. Mas para quem? Holanda ou Austrália? Com que roupa eu vou?

Eu tinha pouca idade - quatro, cinco anos? – e já sentia fascínio pela Holanda, um país do qual eu nada sabia, a não ser que tinha nome de mulher e sobrenome de Chico Buarque. Assim iniciou minha simpatia. Holanda, 1x0.

Aí ganhei de uma tia um par de tamancos de madeira. Ela havia retornado de uma viagem por aquele país que parecia tão feminino na minha imaginação, enquanto que da Austrália eu ainda não tinha notícias. Holanda, 2x0.

Então virei adolescente e comecei a trocar cartas (cartas!) com uma neozelandesa que, por ser vizinha dos australianos, poderia ser considerada como tal. Foi por causa dela, da Michelle, minha primeira amiga além-mar, que comecei a simpatizar com cangurus também. 2x1.

Mas a Holanda tinha tulipas, e desde muito cedo desenvolvi o apego por flores, por todas elas –

um apego que se mantém até hoje – e a Holanda marcou de novo: 3x1.

A Austrália tinha praias, era um país jovem, a longa distância me induzia a pensar que era um destino para quem não tinha outro objetivo a não ser a boa vida. Mas, afora esse saudável oba-oba, me fazia falta alguma informação mais consistente. Eu seria capaz de citar um pintor australiano? Àquela altura, já havia aprendido a gostar de arte e uma reprodução caprichada de Van Gogh inspirava a família na parede de casa. Holanda, 4x1.

E chegou o dia de viajar para o exterior pela primeira vez. Europa, meu foco. Quando desembarquei em Amsterdã, aluguei uma bicicleta, tomei algumas Heineken e me entortei a fim de homenagear a bebedeira arquitetônica das casas que margeiam seus canais, umas escoradas nas outras, como quem volta de uma noitada forte. Pirei com (e em) Amsterdã. Já era uma goleada: 5x1.

Quando a Austrália parecia irremediavelmente humilhada, eis que assisto a um filme com um ator australiano que eu nunca vira antes. Ele se chamava Hugh Jackman e me causou boa impressão. A Austrália descontou com categoria: 5x2.

Eis a lógica matemática da Copa. Ao menos a lógica de uma fanfarrona do esporte, que não entrou em nenhum bolão, não entende profundamente de futebol nem de nada, que não sabe muito bem para quem torcer quando não é a seleção do seu país que está em campo, mas que faz questão de acompanhar o entusiasmo da festa com a irreverência permitida pela ocasião. Para quem torcer, Van Gogh ou Wolverine? E para qual resultado?

5x2. É justo. Afinal, o que se quer é gol para tudo que é lado. E já que falamos de flores, Van Gogh gostava de girassóis.

*18 de junho de 2014*

# Morri

É uma das gírias do momento: "Morri" (mas dizem que já começa a cair em desuso, fenecendo ela própria).

"Morremos" quando ficamos impactados por algo, quando um acontecimento nos tira o ar, quando não acreditamos no que estamos vendo, ou seja, quando parece que fomos para o céu. Sem fatalismo, é apenas uma gracinha.

Tenho simpatia pelo uso corriqueiro e desestressado de tudo que invoque a palavra morte. Na mesma proporção, sinto um certo desprezo pela reverência aterrorizante que prestam a ela. Qual o problema, morrer?

Não tenho medo da morte porque já morri muito.

Não apenas em momentos quando cabia o uso da gíria (durante minha música preferida num show, quando me deparei com uma praia de cartão-postal, quando ouvi algo que eu esperava escutar havia tempo), mas, muitas vezes, no sentido fúnebre mesmo: morri todas as vezes em que me frustrei, morri quando deixei a infância, morri quando deixei a puberdade, morri quando passei por finais de amor, morri quando passei adiante apartamentos em que vivi, morri por todas as minhas desistências, morri diante de cada tarefa terminada, morri quando machuquei algumas pessoas sem querer, morri nas inúmeras vezes em que fui machucada, morri tanto por ferimentos leves quanto por balaços à queima-roupa.

E morri em solidariedade à morte dos outros, morri diante de tragédias que não foram comigo que aconteceram, morri pelas estatísticas, morri de vergonha alheia, morri pelo que passou raspando. Tudo o que acontece de triste a qualquer outro ser humano passa rente a nós.

Morri por excesso de sensibilidade e às vezes por um rigor desmedido, mesmo que, em termos genéricos, procure ver alguma graça em tudo.

Agorinha mesmo, dez minutos atrás, morri um pouquinho. Coisa de nada. Já voltei.

Sem morte, não há vida. Quem não morre, não renasce, não volta mais atento, não volta mais amoroso, não volta mais experiente, não volta. Vira cadáver já na primeira morte, que pode ter acontecido aos cinco anos, aos 12, aos 16: quando você morreu pela primeira vez?

Minha relação amistosa com a morte vem justamente do exagero de amor que tenho pela vida, pela profunda capacidade de regeneração que me trouxe até aqui, habilitada para extrair alegria das mínimas coisas e êxtase das maiores. É por já ter morrido muito que vibro quando o telefone toca, quando o dia amanhece com sol, quando vejo os amigos, quando pratico exercícios, quando aprendo uma atividade nova, quando acerto, quando venço, quando comemoro. Não é só a iminência de uma morte definitiva que nos faz valorizar cada dia respirado, mas também as sucessivas mortes pontuais, aquelas que nos dão o passe para finalizar a próxima jogada com mais êxito.

Morreu? Nasce um novo começo.

*22 de junho de 2014*

# Coraçãozinho

Quem viaja para um país exótico sempre acaba provando algum prato estranho, fora do seu costume. Nem que seja para fotografar e postar numa rede social com a legenda: sobrevivi.

Pode ser escorpião frito em Cingapura, morcego à caçarola no Vietnã, cérebro de macaco na África, sopa de cachorro na Coreia do Sul ou mesmo uma iguaria chique e nem tão exótica, como o escargot francês – lesma, em bom português. Nada disso mata, mas produz muita cara feia. Minto: algumas refeições matam, sim – o baiacu venenoso da cozinha japonesa, por exemplo. Por mais bem-treinados que sejam os chefs que se habilitam a preparar esse peixe, ainda assim 20 pessoas por ano dão adeus à vida depois de ingeri-lo.

Pois o Brasil está tendo a chance de, simpaticamente, dar o troco. Nunca recebeu tantos estrangeiros de uma só vez como no período da Copa, e essa gente toda, de tantas partes do mundo, precisa se alimentar. A caipirinha cai no agrado de todos, mas como eles estarão enfrentando os sólidos? Vatapá não mata, só nocauteia. Buchada de bode dizem que também não mata, mas desconfio. E farofa de formiga costuma ser confundida com farofa de amendoim, ou seja, os gringos não devem estar passando muito trabalho no Norte e Nordeste, ao menos nada que se compare com a cena que vi de uns australianos, aqui no Sul, encarando seu primeiro coração de galinha.

"Vocês comem coração de galinha??? Oh, my God!"

Dizer a eles que chamamos carinhosamente de coraçãozinho não minimizou o asco. Entendo: eu também não ficaria comovida se me servissem um filezinho de cobra. Mas cobra é um réptil repugnante, viscoso, traiçoeiro, já a galinha é uma criatura doméstica, pacífica, rechonchuda. Mais arisca do que dócil, é verdade, mas nunca fez mal a ninguém, logo, é tenro seu coraçãozinho.

Tentaram. Mas foi como se estivessem de frente para um olho de cabra, um rabo de camundongo, o músculo de um gambá. Demonstraram absoluto pavor em comer um coração, algo que ainda estava batendo dias atrás, símbolo da paixão e da vida – mesmo de uma galinha.

Uns não tiveram coragem, outros tiveram e fizeram caretas tão repugnantes e sofridas que chegou a me dar pena: coitados, não estava sendo uma experiência cultural, e sim uma tortura impiedosa. Ok, acabou a brincadeira, vamos pedir hot dog para todo mundo – e que ninguém venha comentar as minúcias da fabricação de salsichas.

Dias atrás teve churrasco aqui em casa e vi meus dois pequenos sobrinhos devorarem um quilo de coração sem dó, com uma gula de centroavantes. Por que eles não questionam o que comem? Porque a gente só reluta diante do desconhecido. Se fosse servido um canguruzinho a vapor (que os australianos, aliás, adoram), aí teria que ter preleção antes – e nem gosto de imaginar as caretas.

*29 de junho de 2014*

# 90 Minutos

A primeira Copa que recordo com clareza foi a de 70, eu tinha oito anos. Assisti a todos os jogos do Brasil sentada no chão, lugar de criança. O sofá era reservado aos mais velhos (pai e mãe entrando na casa dos 30, uns fósseis), então a mim restava o parquê, que era bem limpinho. Lembro que eu torcia, vibrava, não parava quieta, e esse "não parar quieta" incluía levantar e ir até o banheiro, depois ao quarto para escrever alguma coisa no diário, passar na cozinha para pegar um suco e uma bolacha Maria, voltar à sala, ver mais um pouco do jogo, e então dar uma descidinha até ali na rua para ver se tinha alguém com quem brincar, não tinha, voltar, assistir ao jogo mais um pouco, de novo ir ao quarto para ver se tinha tema para entregar na segunda-feira e, se tivesse, fazê-lo, e então voltar à sala a tempo de ver o Carlos Alberto fechando a goleada de 4x1 contra a Itália e o Brasil levantando a taça Jules Rimet.

Hiperativa? Não, isso nem existia. E também não era por causa do desconforto do chão que eu me levantava de tempos em tempos para me distrair com outras coisas. É que jogo de futebol, naquela época, demorava uma eternidade. Jogo de futebol durava umas quatro horas e meia no tempo regulamentar. Pensando bem, acho que cinco horas. Ou seis. Jogo de futebol engolia todo o domingo.

Quando o pai saía para o estádio com meu irmão, eu e minha mãe íamos a uma sessão dupla de cinema, depois dávamos uma passadinha na casa da vó, tomávamos um lanche no Joe's e quando voltávamos para casa, ligávamos o radinho e o jogo deles ainda estava no primeiro tempo.

Quando o pai dizia "hoje tem jogo", eu ia para o sítio dos primos em São Sebastião do Caí, brincava, brincava, brincava, e quando voltava para casa o juiz ainda não tinha apitado o fim da partida.

Jogo de futebol era algo tão longo, tão extenso, que parecia iniciar na quarta e terminar na quinta, dava tempo de um edifício em obras ficar pronto, alguém podia se submeter a uma cirurgia no cérebro durante uma semifinal que receberia alta antes da decisão por pênaltis.

Dizem que jogo de futebol sempre durou 90 minutos. Imagina se caio nessa.

É só comparar com os jogos de hoje. O time dá o pontapé inicial, eu vou rapidinho até o micro-ondas para ver se a pipoca ficou pronta e, quando volto para a frente da tevê, os jogadores já estão trocando de camiseta com os adversários. O jogo começa às 13h, eu tiro a mesa, vou escovar os dentes e quando retorno para a sala o Galvão Bueno e a Patrícia Poeta já estão dentro da noite escura mostrando a reprise dos gols.

Tudo anda muito ligeiro, antes nada terminava, 90 minutos durava uma vida. Agora, pelo visto, quem está durando uma vida sou eu.

*6 de julho de 2014*

# Você maior

As redes sociais alimentam, mas não são as únicas responsáveis pela egolatria que tomou conta do mundo. Vivendo numa bolha chamada sociedade de consumo, cada um de nós passou a ser encarado como um produto e, como tal, precisa se "vender". Para se colocar bem no mercado do amor e no mercado de trabalho, tornou-se obrigatório apresentar um perfil, e então tratamos de falar muito sobre nós, sobre nossos atributos e de tudo o que possa fazer a gente avançar em relação à concorrência, que não é pequena. Somos os publicitários de nós mesmos, uns mais discretos, outros mais exibidos, mas todos procurando encantar o próximo, que propaganda nada mais é do que isso: a arte de seduzir.

Contraditoriamente, quando se torna necessário falarmos não de nossos atributos, mas de nossas dores, de nossas inseguranças e de nossos defeitos, fechamos a boca. Mesmo os que estão bem perto, aqueles que nos são íntimos, não escutam a nossa voz. Calamos por temer um julgamento sumário. Produtos precisam ser eficientes, não podem ter falhas.

A boa notícia é que tudo isso é um absurdo. Não somos um produto. Não precisamos de slogan, embalagem, jingle. Estamos aqui para conviver, e não para sermos consumidos. E se quisermos que realmente nos conheçam, o ideal seria parar de nos anunciarmos como o último copo d'água do deserto.

O documentário *Eu maior*, um dos trabalhos mais tocantes a que assisti nos últimos tempos, traz o depoimento de filósofos, artistas, cientistas e ambientalistas sobre quem verdadeiramente somos e como devemos nos relacionar com o universo. Entre várias colocações ponderadas, teve uma de Marina Silva que tomei como uma lição de comportamento: "Você descobre a qualidade de uma pessoa não quando ela fala de si, mas quando ela fala dos outros".

Ou seja, o que revela sua verdadeira natureza são os comentários venenosos que você costuma distribuir ou os elogios que faz sobre amigos e desconhecidos. São as fofocas que oculta para não menosprezar seus semelhantes ou que espalha com gosto por aí, acrescentando uma maldadezinha extra. Você é avaliado de forma mais precisa através da sua capacidade de enaltecer o positivo que há ao seu redor ou de propagar o negativismo que se sobressai em tudo o que vê. Você demonstra que é uma pessoa maior – ou menor – de acordo com sua necessidade de diminuir ou de valorizar aqueles que o rodeiam, de acordo com um olhar que deveria ser justo, mas quase sempre é apenas competitivo. É através das suas palavras amorosas ou das suas declarações injuriantes que os outros saberão exatamente quem é você – pouco importando o que você diz sobre si mesmo.

Sobre você mesmo, deixe que falemos nós.

*20 de julho de 2014*

# Homens

O que não faltou foi homem nessa Copa, dentro e fora do campo. Tinha de tudo: baixo, alto, moreno, loiro, cabeludo, careca – uma miragem. Mas agora é hora de trocar a tevê pelo cinema a fim de se aprofundar um pouquinho no instigante mundo masculino, e para isso nada melhor do que o filme espanhol *O que os homens falam*, do diretor Cesc Gay – desconfio que é sobrenome mesmo, e não apelido de infância. No filme, cinco episódios expõem as crises de meia-idade dos nossos queridos. A presença do argentino Ricardo Darín é a cereja do bolo, mas os demais atores são excepcionais também.

Divertido, inteligente e enternecedor. Quando cheguei em casa, ainda trazia um sorriso no rosto, tal é a leveza desse filme que desmistifica o macho alfa, revelando os homens como realmente são: falíveis, infantis e doces, até mesmo os cafajestes. Até eles.

A luta feminina pela conquista de direitos é legítima e necessária, mas criou uma atmosfera de campo de guerra – o homem passou a ser visto como o predador que deve ser combatido, o responsável por todas as infelicidades que nos atormentam. Calma. Se isso é mesmo verdade é porque teimamos em dar a eles o protagonismo de nossas histórias românticas e eles acabam se transformando em inimigos íntimos, mas culpa, culpa mesmo, ninguém tem de nada. Tanto eles como nós somos igualmente cerebrais e emotivos. O que nos difere talvez seja o humor, que é a maneira que externamos nosso ponto de vista sobre tudo o que acontece.

E aqui entro em campo minado, prestes a receber uma saraivada de insultos das minhas parceiras de gênero: considero o humor masculino mais interessante que o nosso. Há quem diga inclusive que não existe humor feminino – quando ele funciona, é porque é masculino também. Pode ser. A mulher recorre à caricatura e ao exagero para tornar-se engraçada – somos as rainhas do drama, como se sabe. Já o humor masculino é reflexo de uma observação realista. Eles extraem graça do inevitável, e isso me parece extremamente comovedor.

Homens riem de si próprios com economia, sem excessos. Puro charme. É isso que encanta nos personagens de *O que os homens falam*. Eles não são inflamáveis, e sim discretos, usam poucas palavras e falam também através de gestos e olhares sutis. Seu humor seduz (ao menos a mim) porque não é cênico, teatral, espalhafatoso, e mesmo quando existe a intenção assumida de fazer rir eles o fazem sem alarde – Woody Allen e Luis Fernando Verissimo têm isso em comum, para exemplificar. É um humor que não sei como adjetivar de outra forma, a não ser dizendo o óbvio, que é um humor masculino no que o homem tem de melhor: a desafetação.

De histéricas, bastamos nós.

*20 de julho de 2014*

# Uma vida melhor que a encomenda

Que dias. Quantas baixas na nossa literatura. Lamentei a morte de João Ubaldo, pois sempre dói a partida de quem ainda tinha muito a contribuir (a morte de um grande escritor é sua obra inacabada), e estou compadecida com a fragilidade da situação do espetacular Ariano Suassuna (em coma até o momento em que escrevo), porém usarei esta coluna para falar de uma ausência que me tocou mais profundamente: a do mineiro Rubem Alves, por quem eu tinha enorme afeição não só pelo que escrevia, mas pelo seu jeito terno, sua desafetação, sua raridade como ser humano. Quanto mais se grita e esperneia por aí, mais atenção eu dou aos singulares que brilham em voz baixa.

Domingo passado comentei sobre o documentário *Eu maior,* em que Rubem Alves também participou com seu testemunho. Entre outras coisas, ele contou que certa vez um garoto se aproximou dele para perguntar como havia planejado sua vida para chegar aonde chegou, qual fora a fórmula do sucesso. Rubem Alves respondeu que chegou aonde chegou porque tudo que havia planejado deu errado.

Planejar serve para colocar a pessoa em movimento. Se não houver um objetivo, um desejo qualquer, ela acabará esperando sentada que alguma grande oportunidade caia do céu, possivelmente por merecimento cósmico.

É preciso querer alguma coisa – já alcançar é facultativo.

Uma vez determinado o rumo a seguir, entra a melhor parte: abrir-se para os acidentes de percurso. Você que sonha em ser um Rubem Alves, é possível que já tenha começado a escrever num blog (parabéns, pôs-se em ação). No entanto, esses escritos podem conduzi-lo a um caminho que não estava nos planos. Dependendo do conteúdo, seus posts podem levá-lo a um convite para lecionar no interior, a ser sócio de um bar, a estagiar com um tio engenheiro, a fazer doce para fora, a pegar a estrada com um amigo e acabar na Costa Rica, onde conhecerá a mulher da sua vida e com ela abrirá uma pousada, transformando-se num empresário do ramo da hotelaria.

Não é assim que as coisas acontecem, emendando uma circunstância na outra?

A vida está repleta de exemplos de arquiteta que virou estilista, enfermeiro que virou pastor evangélico, estudante de Letras que virou maquiadora, publicitário que virou chef de cozinha, professor que virou dono de pet shop, economista que virou fotógrafo. Tem até gente que almejava ser economista, virou economista, fez uma bela carreira como economista e morreu economista. A vida é surpreendente.

Ariano Suassuna largou a advocacia aos 27 anos, João Ubaldo também se formou em Direito, mas nem chegou a exercer o ofício, e Rubem Alves teve até restaurante. Tudo que dá errado pode dar muito certo. A vida joga os dados, distribui as cartas, gira a roleta: a nós, cabe apenas continuar apostando.

*23 de julho de 2014*

# Uma pequena joia

Não sei se é de família ou hábito apenas da minha mãe, só sei que, entre nós, qualquer preciosidade é chamada de joia. Pergunto para minha mãe sobre um filme ou sobre um lugar que ela conheceu e, se ela responde que é bonito é porque é bonito, se responde que é interessante é porque é interessante, mas quando ela diz "é uma joia" logo me sento e me disponho a ouvir os detalhes. E ela não diz joia referindo-se àquela gíria que não se usa mais. Se ela diz que é uma joia, é algo especial, em que se deve prestar atenção. E se ela diz: "É uma *pequena* joia", aí é porque a coisa é grandiosa mesmo. Em casa sempre rezamos pela cartilha do "menos é mais", preferindo as pequenas joias em detrimento das ostentosas. Um discreto ponto de luz, um brilhante comedido, algo que reina sem pompa, o clássico que não se pavoneia, a elegância que não é extravagante: isso.

Quem já leu o italiano Alessandro Baricco sabe que ele se adapta bem à descrição de valor que fiz acima. Já havia lido dois ótimos livros dele e recentemente estive com o terceiro em mãos, que se chama *Mr. Gwyn.* Um livro com um nome próprio como título é sempre um enigma. Quem seria Mr. Gwyn? O que faz? Qual o seu conflito? Para que time torce? Por que devo parar minha vida rotineira e apressada para dedicar algumas horas a esse fulano?

Mr. Gwyn é realmente um fulano até que se abra a primeira página, mas Alessandro Baricco é autor respeitado. Então, mais em consideração ao prestígio do autor do que àquele Mr. Gwyn desconhecido, abri o livro.

Quando terminei, pensei nela. Já sabia como recomendá-lo: mãe, é uma pequena joia.

Autêntico, poético, magistralmente bem escrito. Curto, sintético, nenhuma palavra falta, nenhuma palavra sobra. Original sem ser exibicionista, contido sem ser humilde.

Uma história meio estranha, mas daquelas estranhezas que se infiltram na alma, que fazem a gente perder a insistência de buscar realidades comprovadas: a troco de quê devemos acreditar apenas naquilo que já vimos antes? Qualquer história é uma história, e é a ela que o livro presta reverência, mais do que aos personagens, ainda que eles brilhem também.

É uma pequena joia porque é pequena no tamanho, mas comove por sua literatura tão bem lapidada. Porque não é um livro como tantos, tem uma singularidade que o destaca. Ou talvez seja uma pequena joia apenas porque gostei dele, mesmo que ninguém mais goste – aquilo que gostamos é sempre significativo a despeito do que pensem os outros.

Pode ser que você não encontre nada de relevante em *Mr. Gwyn*, caso aventure-se a lê-lo. O que para mim foi percebido como uma pequena joia talvez lhe pareça uma grande porcaria. Assim é a vida, povoada por opiniões diversas. Mas que ao menos essa conversa toda tenha feito você questionar o que significa uma pequena joia em seu próprio conceito. Porque, entre tantas bugigangas que nos cercam, temos o dever de eleger algumas raridades.

*30 de julho de 2014*

# Era uma vez Torres

Tenho acompanhado o debate em torno do novo plano diretor de Torres, cidade onde passei os melhores momentos da infância e adolescência e que se mantém viva na minha memória afetiva. Até 2006, tinha apartamento na cidade, e ainda sonho em ter outro refúgio onde possa estar perto do mar, porém não mais lá.

Ao ler sobre a possível autorização para construir prédios de até 10 andares na orla, minha primeira reação foi ser contra. Concordei com quem é desfavorável à mudança da lei: haverá menos tempo de sol batendo na praia, descaracterização do cenário, menos ventilação natural etc. Mas depois, com desânimo, refleti: a essa altura, que diferença faz?

Já viajei bastante e posso dizer que, em termos de belezas naturais, Torres é páreo para vários outros cartões-postais do planeta. As formações rochosas que se estendem da praia da Cal até a praia da Guarita, e as dunas logo atrás, produzem um efeito dramático espetacular. O mar pode não ser cristalino, mas compõe a cena dignamente. Seria um dos pontos turísticos mais valorizados do Brasil, não fosse todo o resto.

E o resto são ruas esburacas e desniveladas, cômoros que se amontoam calçadão adentro, pouca arborização, nenhum cinema, vida noturna precária, comércio idem (estou falando como turista, não como moradora, pois imagino que os moradores tenham reivindicações mais urgentes).

Ainda na visão de turista: surpreende que sejam os donos de bares e restaurantes os maiores apoiadores da urbanização vertical a fim de alavancarem seus negócios. Logo eles que, salvo exceções, não investem em seus próprios estabelecimentos, ignorando questões como boa iluminação, boa música, aconchego, fachada decente. Torres parece ter esquecido noções básicas de bom gosto. Quer ser grande sem atentar para o quanto se tornou feia, desprezando sua vocação para ser um *hot spot*. Cidades feias não atraem visitantes, não geram comentários positivos, não viram destino de lua de mel.

Sei que não adianta ser nostálgica e querer que Torres volte a ser aquela charmosa praia familiar onde aconteciam os campeonatos de surfe, as festas na sede da SAPT, os piqueniques em Itapeva, os jogos de vôlei nos amplos quintais das casas dos veranistas. Foi outro tempo e não se pode deter o desenvolvimento, mas pode-se tentar preservar o espírito do lugar, crescendo ordenadamente e com foco: Torres não é um subúrbio qualquer, e sim um local diferenciado pelo seu recorte geográfico. Isso não deveria ter sido desconsiderado.

Mas foi. Torres perdeu o timing, cresceu demais sem elaborar um projeto para honrar a cidade privilegiada que era. Agora é difícil recuperar o potencial desperdiçado. Já que não vingou como merecia, vá que funcione imitar Camboriú.

*6 de agosto de 2014*

# Para não esquecer

Quando completei 10 anos de idade, meus pais resolveram organizar uma festa para comemorar. Naquela época festa de criança tinha bolo feito pela avó, cachorro-quente, refrigerante, parabéns a você, e os amiguinhos iam assim mesmo, juro por Deus, mesmo sem bufê contratado, decoração milionária, fogos de artifício e show da Anitta. Era simples e era bom.

Só que eu nasci no mês de agosto, quando o inverno de Porto Alegre resolve ser mais malvado que o habitual. E naquele dia específico, além de fazer uns 4 graus, chovia o suficiente para encher todas as represas do país e evitar qualquer ameaça de racionamento de água até o próximo milênio.

Eu não sofria bullying, mas tampouco era a Miss Sunshine do colégio. Sabia que minhas amigas mais íntimas não deixariam de ir, éramos grudadas, mas eu havia convidado umas 30 pessoas. Se aparecesse somente meia dúzia daria uma trabalheira para reconstruir minha reputação.

Tudo dando errado. Justo na comemoração dos 10, minha primeira data redonda e de dois dígitos, logo no aniversário que eu mais ansiava, logo quando eu me sentia amadurecida para o que a vida me reservasse a partir dali – já era dramática desde pirralha, como se vê.

Faltava meia hora para as quatro da tarde, o

horário marcado, e já não havia como enxergar a calçada, os bueiros transbordavam, eu parecia estar num navio, e não num edifício. Olhava desconsolada pela janela do segundo andar e chovia, chovia, chovia. E o frio só piorava. E não tinha show da Anitta.

Foi quando vi um táxi se aproximando lentamente, levantando ondas enquanto estacionava – ou atracava, verbo mais condizente com a situação. Lá de dentro saltou um homem que correu em direção ao prédio com água entrando no sapato, água escorrendo pelo pescoço, água descendo pelas costas e, mesmo sem ele levantar o rosto, eu soube.

Era meu pai.

Não era para ele estar ali. Ele estava viajando a trabalho havia dias e já tinha avisado que não voltaria a tempo. Mas voltou. Sorri por dentro. Eu não precisava mais de quórum nenhum.

Logo chegaram uma, duas, três amigas. Não precisava, não precisava.

Passaram mais alguns minutos, chegaram a oitava, a décima segunda, a décima quinta. Apareceram 17 no total e mais o meu pai, que tinha me enganado direitinho dizendo que não poderia voltar, mas voltou. Era o único homem da festa (ok, tinha também meu irmão de oito anos, promovido rapidamente a segundo homem da casa). E mais as 17 amigas do colégio, minha mãe, minha avó, a empregada, duas primas também foram, e eu não lembro de ter me sentido tão amada naquele dia em que não apostei um níquel na minha sorte.

Não teve Anitta, mas teve show surpresa.

*10 de agosto de 2014*

# Onde fui amarrar meu bode?

Sempre simpatizei com essa expressão, tanto que a uso direto em conversas entre amigos, mas nunca a relacionei com meu trabalho. Pois chegou o momento: onde fui amarrar meu bode na hora em que resolvi dar pitaco sobre Torres?

Não leio o que rola nas redes sociais, mas já soube que fui esculhambada num grau temeroso: não duvido que temperem minha casquinha de siri com soda cáustica caso eu ouse retornar à cidade.

Bom, aos fatos. Quarta passada, publiquei uma bronca por a praia da minha infância não ter realizado seu potencial, com a burrada de ter falado em beleza, charme e bom gosto quando se sabe que são valores relativos, e de ainda ter concluído o texto subestimando o estrago dos prédios altos à beira-mar, como quem diz: perdido por um, perdido por mil. Com 20 anos de colunismo nas costas, eu já deveria ter aprendido algumas coisinhas sobre o poder desastroso das ironias.

A boa notícia é que estou desinformada, segundo os moradores. É possível. Fui a Torres poucas vezes nos últimos anos, por no máximo 48 horas, sendo que a última foi em fevereiro deste ano, quando me hospedei na Prainha, que é onde a Torres real ainda equaliza com a Torres da minha fantasia. Não circulei, não fiquei um mês, nem 10 dias, e por isso não sabia nada sobre o que me contaram: que a atual gestão está empenhada em corrigir os descasos das gestões anteriores, que Torres faz parte de uma Rota Gastronômica, que há muitos hotéis e pousadas de primeira linha, que turistas estrangeiros costumam visitar a cidade com frequência, que um cinema 3D será inaugurado em novembro, que não há mais areia sobre o calçadão e que eu sou uma toupeira, claro.

Assim como eu não sabia dessa evolução toda, talvez muitos brasileiros também não saibam, já que Torres não costuma ser indicada como destino turístico imperdível. A revista *Claudia*, publicação feminina de maior circulação do país, veiculou uma matéria na edição de julho cujo título foi "Seja bem-vindo, tchê!", em que personalidades nacionais nascidas aqui (escritores, atores, atletas, blogueiros, apresentadores, chefs de cozinha) recomendavam os lugares que não se deve deixar de visitar no Rio Grande do Sul. Eles citaram as cidades da Serra, os Aparados, os Vinhedos, o Pampa, algumas localidades do Interior e a Capital. O esquecimento da mais bela praia do litoral gaúcho pode ter sido por causa do inverno, mas aconteceu: Torres foi mencionada uma única vez. Modestamente, por mim. Que minha defesa arrole isso nos autos.

Continuo achando que Torres merecia uma infraestrutura turística de muito mais qualidade, mas já que os moradores garantem que estão chegando lá, retiro o desânimo, peço desculpas pelo mau jeito e em breve voltarei à cidade para conferir in loco. Garçom, a minha caipirinha sem cianureto, por favor.

*13 de agosto de 2014*

# O invariável

Outro dia escutei uma mulher separada decretar o fim da mesmice: resolveu se esbaldar na vida. Disse ela que não queria mais saber de relação fixa e que saía quase todas as noites a fim de se divertir apenas. Tem conhecido muitos caras diferentes, com alguns chega às vias de fato, e é isso aí, adeus à monotonia.

Mas o olhar dela não soltava faíscas, ao contrário, parecia bem opaco.

Naquele momento lembrei de uma frase do blog de um amigo paulista, o Eduardo Haak. Ele recentemente escreveu: "Nada é mais invariável que as supostas variedades". De primeira, quando li, me bateu uma estranheza, fiquei na dúvida se ele estava sendo irônico ou o quê, até que, ouvindo a moça baladeira contar de seus recordes de revezamento, me dei conta de que a situação dela era ilustrativa: toda variação que se torna sistemática também é mais do mesmo.

Ou seja, nada impede que a busca de um amor a cada sexta-feira se torne uma situação igualmente sujeita ao tédio. Virar refém da variedade pode ser uma atitude tão rotineira quanto dedicar-se a uma única pessoa por anos – arrisco até dizer que, ao dedicar-se a uma única pessoa, a chance de se ter uma vida mais dinâmica dispara. Por quantas fases passa uma relação? O frio na barriga inicial, a paixão febril, as surpresas a cada nova revelação, as descobertas feitas a dois, a aproximação dos corpos, a intimidade cada vez maior, os amigos e a família agregando-se, cada viagem uma lua de mel, a troca de confidências, as diferenças aparecendo, os acordos feitos para manter a coisa funcionando, ajustes necessários, a paixão virando amor, a segurança da companhia um do outro, as fotografias se acumulando, planos sendo feitos a longo prazo, a primeira briga, as saudades, a consciência de que aquela pessoa é essencial, o reatamento, as juras, os cuidados para que não desande nunca mais, todos os cinemas, cafés da manhã, leituras compartilhadas, risadas, os comentários de fim de festa, as piadas internas, a confiança, os cafunés, os pedidos de conselho, a hora de ser amigo, a hora de ser bandido, o sexo evoluindo, o amor se fortalecendo, a passagem do tempo trazendo novos desafios, o orgulho pelo que está sendo construído, os estouros, os gritos, os beijos de novo... ufa, alguém aí me alcança um copo d'água? Amar não é para amadores, e quando a relação é honesta, sólida e os protagonistas têm algum tutano, duvido que o enfado dê as caras.

É a variedade de parceiros que evita o aborrecimento? Nunca funcionou comigo. Nem no amor nem fora dele. A alucinada atualização de notícias, a velocidade das redes sociais, os dias pulsando em ritmo supersônico, tudo o que não permite foco e entrega, hoje em dia, só me causa bocejos. Aprofundar-se é que é a verdadeira vertigem.

*17 de agosto de 2014*

# Mau tempo

Quando leio notícias como a do acidente que vitimou Eduardo Campos, me dá um mal-estar não só por ser mais um aviso sobre a precariedade da vida, mas por reconhecer que, ou a gente morre de doença, ou morre de chuva, de vento, de tempestade. É outro tipo de morte por causa natural.

As quedas de aeronaves são bem representativas. Dificilmente caem por desgaste mecânico. Ou são abatidas pelas mãos do homem (ataque terroristas e falhas humanas) ou são abatidas pela falta de visibilidade, pela instabilidade provocada por pressões atmosféricas, por arremetidas que são sempre manobras súbitas, e por isso o frio na barriga. Os problemas técnicos surgidos na aeronave do candidato à Presidência surgiram posteriormente à arremetida – se as condições meteorológicas fossem boas, tudo indica que teria aterrissado com tranquilidade.

Acidentes de carro acontecem mais em dias de pista molhada do que seca. Engavetamentos em estrada acontecem quase sempre por causa de nevoeiros, temporais e nevascas.

Pessoas perdem tudo o que têm em enchentes e deslizamentos de terra, barcos naufragam no mar revolto, ondas gigantes invadem praias, casas são destelhadas por tufões, suicídios acontecem mais no inverno do que no verão. A tragédia, decididamente, não é solar.

A vida muda – e até termina – por uma questão que está fora do nosso controle, o clima. Há paliativos, ok. Pode-se prever e minimizar os riscos, mas não se pode evitá-los, então somos ceifados por uma potência destrutiva que não vem da maldade do homem, e sim do humor da natureza e que atinge a todos: crianças, velhos, pobres, ricos, pessoas de qualquer lugar, de qualquer idade, numa loteria democrática, mas sempre injusta.

Quando vejo moradores varrendo a lama de suas moradias no dia seguinte ao de um estrago devastador, me parece uma provocação: o céu límpido retorna ao local do crime com a maior cara de pau. O sol no dia seguinte ao de um tsunami é um convidado atrasado, alguém que não conseguiu chegar a tempo de impedir uma desolação. É bem-vindo porque traz a possibilidade de reconstrução, porém a reconciliação é provisória. Pessoas que perdem seus filhos, maridos e esposas para os desatinos climáticos são confrontadas com a total falta de lógica da existência.

Como diz uma amiga minha, "a morte é definitiva demais para o meu gosto". De fato. E mais definitiva nos parece quando acontece de uma hora para outra, pelo capricho de nuvens pesadas, garoas insistentes, rajadas desestabilizadoras, umidades traiçoeiras, por um anoitecer prematuro, por relâmpagos, pelo cenário típico dos pesadelos, que, ironicamente, tem lá sua poesia e sua beleza, como em toda tragédia – desde que a gente sobreviva a ela, claro.

Ninguém deveria morrer de mau tempo, mas a natureza não negocia.

*20 de agosto de 2014*

# Feliz aniversário

Ela sabe que é um pensamento improdutivo, mas mesmo assim se preocupa com a passagem do tempo, parece uma menina assustada diante do acúmulo de números que sua idade vem ganhando. Não entende onde foram parar seus 16 anos, seus 21, seus 29, seus 35, seus 42.

Ora, onde eles podem estar? Todos ainda dentro dela.

Ao assoprar as velas, a sensação é a de que o passado também se apaga e um presente totalmente novo é inaugurado. Sendo virgem da nova idade, é como se estivesse nascendo naquele específico dia com rugas e manchas surgidas subitamente, e não trazidas do antes. Como se estivesse vindo ao mundo na manhã do festejado dia com os quilos, as dores e os limites de um adulto recém-nascido e com uma expectativa de vida mais curta, sem nenhum registro do tempo transcorrido até ali, aquele tempo que sumiu.

Sumiu nada.

Você tem seus 16 anos para sempre. Seus 21. Seus 25 e todos os outros números que contabilizou a cada aniversário: você tem oito anos, você tem 19, você tem 37. Você só ainda não tem o que virá, mas os anos que viveu ainda estão sendo vividos, são eles que, somados, transformaram você no que é hoje. Sua idade atual não é uma estreia, você não nasceu com esses anos todos que sua carteira de identidade diz que você tem. Só o dia do seu nascimento foi uma estreia. Desde então você nunca mais saiu de cena. Ainda estão em curso seus primeiros minutos de vida.

Você ainda sente o nervosismo das primeiras vezes, as mesmas dúvidas diante das escolhas, o afeto por pessoas que foram importantes lá atrás, a adrenalina dos riscos corridos. Nada disso evaporou. O ontem segue agindo sobre você, segue interferindo na sua trajetória. É a mesma viagem, a mesma navegação. O meio de transporte é seu corpo, e ele ainda não atracou.

Mas e todo aquele peso extra que você um dia jogou ao mar?

Não muda nada. A viajante que durante o percurso vem se desfazendo de algumas coisas continua sendo você. Aquele instante aos 19 anos ou aos 26 em que você cruzou o olhar com alguém que modificaria seu futuro continua acontecendo, o ponteiro continua se mexendo, o tempo não parou. Desiludem-se os amantes apaixonados que, quando se instalam num amor maduro, não encontram mais a mágica anterior que fazia o tempo parar, mas não se deve ser tão fatalista, você não tem 18 anos, *ou* 37, *ou* 53. Você tem 18, 37 *e* 53. No que tange o tempo vivido, não há "ou". São várias idades contidas numa frequência cardíaca ininterrupta.

Você chegou a uma idade gloriosa, a idade de entender que não existe perda, só ganhos. Não existe envelhecimento, e sim desenvolvimento constante. O tempo não passa, ele está sempre conosco. O novo não ficou para trás, ao contrário, o novo está adiante: na vida que ainda está por vir.

*24 de agosto de 2014*

# Histórias de amor

Você vive um amor ou uma história de amor?

Tem diferença, sim. Um amor é a realização plena de um sentimento recíproco. Passa por alguns ajustes, negociações, mas desliza. Pode perder velocidade aqui, ganhar ali, mas não é interrompido pelas dúvidas, não incentiva a entrada de terceiros, tem a consistência das coisas íntegras, duráveis. O amor, amor mesmo, é uma sorte que se honra, uma escolha em que se aposta diariamente, o amor é algo que nasce e frutifica.

Já uma história de amor é, como diz o termo, uma invenção. Algo para ser contado ao analista, desabafado para os amigos, uma narrativa chorosa e trágica, um acontecimento beirando o folclórico, um material bruto pedindo para ser transformado em obra de arte. Toda história de amor está impregnada de obstáculos que lhe conferem um status de ficção.

Amor proibido pela família, rejeitado pela sociedade, condenado por preconceitos, amor que exige fugir de casa, pegar em armas, trocar de identidade: virou história de amor. Perde-se um tempo enorme roteirizando o dia seguinte. Se fosse amor, simplesmente amor, o dia seguinte amanheceria pronto.

Amor que coleciona mais brigas que beijos, mais discussões que declarações, mais rendições que entrega: virou história de amor. Pode subir aos palcos, transformar-se em filme, faturar na bilheteria: tem enredo. Mas não tem continuidade. Sai de cartaz rapidinho.

Amor que sobrevive à distância, que se mantém através de cartas e telefonemas (permita-me a nostalgia, sobreviver pelo whatsapp não combina com literatura), o amor sem parceria, sem corpo presente, o amor que não se pratica, que não se lubrifica, que enferruja por falta de uso: virou história de amor. Sofrido como pedem os poemas, glorificado pela vitimização, até o dia em que a ausência do outro deixa de ser um ingrediente pitoresco e você descobre que cansou de dormir sozinha.

Amor que exige insistência, persistência, paciência: virou história de amor. Se fosse amor, nada além de amor, navegaria em águas mais tranquilas, não exigiria tanto de seus protagonistas, o entendimento seria instantâneo, sem exagero de empenho, desgaste, sofrimento. Aff. Histórias de amor são fantásticas na primeira parte, tiram o ar, movimentam a vida, mas da segunda parte em diante viram teimosia dos autores, que relutam em colocar o ponto final na saga que eles próprios criaram.

Amor ou história de amor, o que se prefere?

Aventureiros, notívagos, hereges, rabugentos, sedutores, inquietos, fetichistas, insaciáveis, pecadores, estrangeiros, narcisistas, intrépidos, dramáticos, agradecemos cada verso e cada noite mal dormida que vocês deixaram de lembrança, mas um dia a gente cresce e a fantasia cede lugar à sensatez: um amor, apenas amor, está de bom tamanho.

*31 de agosto de 2014*

# *Magia ao luar*

Pois é, vou falar de novo sobre Woody Allen, então, se você não o suporta, pode pular para a página seguinte, ou me ler com ressalvas por eu ser tão tendenciosa, ou simplesmente me dar outro voto de confiança: o filme *Magia ao luar* não é extasiante e não vai concorrer ao Oscar em nenhuma categoria (figurino, talvez), e nem mesmo Colin Firth arrebata (pouco à vontade no papel, meio afetado), mas quem se importa?

Trata-se de um legítimo produto Woody Allen, que a cada novo trabalho leva para as telas as conclusões pessoais que vem colhendo no transcorrer de sua vida. Isso é o que me fascina, diferentemente do que os críticos profissionais analisam. Eu viajo para dentro da cabeça desse homem que acompanho desde que ele tinha 36 anos e eu uns 10.

Hoje Woody Allen, aquele neurótico apavorado com a morte, buscando incessantemente um sentido para a vida, cético de carteirinha, é um senhor de quase 79 anos. Se eu, com 26 menos, já abandonei alguns questionamentos irrespondíveis, imagine quem está, teoricamente, mais próximo de apagar a luz.

É natural que cultivemos milhares de indagações, mas a tendência é aceitar as simplificações que a maturidade traz – no final das contas, o que sobra de uma vida são os resultados que não buscamos, mas que aconteceram mesmo assim.

Magia. Truque. Ilusionismo. Depois de uma vida regida por planos, metas e racionalismo, o inacreditável é que ficará marcado em nossa biografia.

Durante muito tempo, Woody Allen não acreditou em nada que não pudesse explicar, mas aos poucos ele relaxou e passou a duvidar de si próprio, foi se dando alta e desfrutando de uma leveza que deixou de ser sinônimo de pequenez, mas de facilitação. Quem é que aguenta brigar infinitamente contra si mesmo, quem é que tem fôlego para uma busca incessante por respostas que nunca serão conclusivas? Muito melhor é admitir que as respostas mudam com o tempo e que o comprometimento com nossa imagem se torna patético. Mais vale relaxar e levar a sério apenas o que se sente, porque as teorias se tornarão uma teimosia de estimação, nada além.

Eu também sempre fui muito cética, até que mudei. Virei a casaca, deixei de torcer pelo nada e resolvi torcer pelo tudo. Astrologia, anjos, telepatia, acaso, vibrações, energia: hoje respeito toda a família Imponderável da Silva. E vou além, acredito profundamente num troço chamado Amor, que não tem lógica, não tem explicação e não tem racionalidade que o justifique. Basta um sorriso para fazer a mágica funcionar.

Parece que me esqueci de falar do filme, mas o filme é sobre isso, e se não for, que Woody Allen me perdoe as elucubrações: são tantos anos de fidelidade ao seu trabalho que já me permito invadir sua alma sem permissão.

*7 de setembro de 2014*

# O galão d'água

Reproduzo o relato que minha filha recebeu pelo whatsapp de uma garota brasileira que mora no Japão. "Ontem veio um homem aqui e deixou um galão d'água na frente da minha porta. Disse que durante a madrugada eles fariam uma vistoria nos encanamentos de água do bairro e por isso estavam passando para avisar, deixar o galão e pedir desculpas por terem que desligar o registro de água por algumas horas. Eu disse para ele que não precisava deixar a água, afinal, estaríamos dormindo nesse horário, mas ele respondeu: *Você paga suas contas todos os meses e nós temos obrigação de não deixar você sem água nem por um minuto*. E ainda disse: *Se precisar de mais, pode pedir*. E assim seguiu a distribuir nas outras casas. Durante a madrugada, olhei da janela e havia um grupo trabalhando nas ruas em silêncio. Hoje vieram novamente, casa por casa, só para agradecer."

Pois é.

Não é assim que deveria ser tudo na vida? Decência, responsabilidade e educação: por que é tão raro, tão complicado? A simplicidade da cena: um galão d'água deixado de porta em porta para o caso de os moradores terem alguma eventual necessidade às duas horas da manhã, às três horas da manhã. Não é caridade, e sim direito do cidadão que paga taxas e impostos. Eu não deveria me comover com isso, mas me comovo, porque a gente cumpre com os compromissos como qualquer japonês, qualquer sueco, qualquer canadense, mas onde está a contrapartida? Acho que isso explica nossa desesperança de que uma eleição mude alguma coisa. Já não acreditamos que um candidato consiga não se deixar corromper pelo poder, que possa governar sem dever favores para outros partidos, que solucione as mazelas do povo em detrimento das negociatas de gabinete. Política passou a ter um sentido desvirtuado.

Ninguém obriga um homem ou uma mulher a se candidatar a um cargo público. Se ele se oferece para a missão de governar, deveria fazer isso unicamente por seu espírito altruísta. Mas soa como piada. Altruísmo na política brasileira? Tem graça.

Um galão d'água na porta. Um serviço de atendimento ao consumidor que funcione de forma fácil.

Um policial em cada esquina. Nota fiscal entregue em todas as transações comerciais. Lixeiras por toda parte. Ruas bem sinalizadas. Transporte farto, barato e que cumpra horários. Hospitais com vagas dia e noite. Escolas eficientes. Confiança em vez de burocracia. Sinceridade em vez de enrolação. Agilidade em vez de empurrar com a barriga. Se todo mundo concorda que é assim que tem que ser, por que não acontece, quem emperra?

Não é só culpa de quem governa, mas dos governados também. Viciados em retórica, seduzidos por vantagens exclusivas e não coletivas, sempre se perguntando "como posso faturar com essa situação?", não permitimos que o Brasil se moralize e avance.

Galão d'água na porta de casa? Só com um troquinho por fora, meu irmão.

*14 de setembro de 2014*

# Obrigação

Uma pesquisa revelou que 61% dos eleitores rejeitam a obrigatoriedade do voto. A desilusão com a política é apontada como um dos motivos. Sendo o voto um instrumento de transformação, eu jamais abriria mão dele, mesmo que fosse opcional, mas concordo: quem dera todos votassem por consciência em vez de fazerem uni-duni-tê em frente à urna apenas por dever cívico. Obrigação é uma palavra que me arrepia. Desde garota. Passei a infância desejando crescer porque intuía que a espontaneidade vivia no lado maduro da existência.

Sei que cada criança processa os ensinamentos que recebe através de um código muito particular, mas o fato é que eu me sentia numa camisa de força. Horário de ir para cama, ter que raspar o prato mesmo estando sem fome, a televisão racionada, o dever de só tirar notas boas. Obrigações que resultaram numa mulher responsável e bem-criada, ao contrário de tantas outras crianças que fazem o que bem entendem e viram adultos mimados e despreparados para lidar com frustrações. Só que, aos oito anos de idade, eu não sabia nada sobre pedagogia. A teoria sobre criação de filhos não fazia parte do meu repertório. Eu só sabia das minhas vontades. Eu queria ser livre porque me parecia o único jeito de ser honesta com meus sentimentos e pensamentos.

Não queria fazer nada por obrigação. Nem comer, nem dormir, nem ser feliz por obrigação. Considerava uma violência quando, ao perguntar aos adultos "por que desse jeito?", ouvia como resposta "porque sim e pronto" ou "porque é assim que tem que ser".

Obedecia militarmente a hora certa de fazer as coisas como se houvesse um relógio universal regendo uma orquestra de bons moços a serviço do andamento do espetáculo. Não que me fosse custoso cumprir. Só era custoso entender.

Pior do que me comportar como "todo mundo" era viver uma afetividade também regida por regras. Não parecia que as pessoas se encontravam por saudades, por afinidades ou para repartir calor humano. Parecia obrigação também. A obrigação das datas festivas. A obrigação dos domingos. A obrigação dos parentescos.

Ai de mim se gostasse mais de uma avó do que de outra. Ou se não quisesse sair do quarto para jantar. Ou se me recusasse a ir à missa. Ao colégio eu sabia que tinha de ir, não questionava. Só questionava o que me parecia facultativo.

Apesar dos meus facultativos não baterem com os dos meus pais, optei por não dar trabalho, segui a cartilha da boa menina. Fiz minha parte e eles a deles – bem feita, diga-se, ou não seria quem sou.

Mas quem eu sou mesmo? Cumpridora, pontual, educada, porém, hoje, profundamente intolerante a tudo o que não for espontâneo, ao teatro das convenções, às blindagens contra a intimidade, ao que serve apenas para manter a orquestra tocando.

*21 de setembro de 2014*

# George

Há muitos e muitos anos, em um reino distante, eu fiquei com um garoto chamado George, assim mesmo, com G. Morador do bairro Auxiliadora. Foi o mais perto que cheguei de um americano, ainda que falsificado. Nunca mais nenhum George habitaria minha realidade – em compensação, um deles fixou residência em minhas fantasias.

Eu não costumava assistir ao seriado *Plantão Médico*, então fica difícil dizer em que momento George Clooney entrou na minha vida, só sei que foi pela porta dos fundos e se instalou no sótão do meu imaginário. Não vi tantos filmes dele como gostaria. Aliás, nunca o considerei fabuloso como ator. Se dependesse de mim, ele tomando Nespresso já seria suficiente para levar um Oscar.

O que, afinal, fez de George Clooney o Clark Gable da nossa geração? O rostinho bonito ajudou, sem dúvida, mas é hora de darmos o devido valor a um atributo mais importante que beleza: carisma. Sem carisma, você até faz filmes, fotos e publicidade, mas não faz história.

George Clooney virou um ícone porque parece ter nascido com mais de 30 anos e já com alguns fios prateados no cabelo – não passou pela desengonçada e petulante adolescência, ou passou tão discretamente que ninguém viu. Jamais foi capa da *Capricho*. Se foi, não me contem, não estraguem esse meu obituário.

Maduro, sim, mas nada emburrado. Inteligente, divertido e independente, nunca foi de levar Hollywood muito a sério. Gosta de trabalhar com os amigos (ele, Matt Damon e Brad Pitt não se desgrudam), de se aventurar como diretor e produtor (sem fazer feio), de ser ativista em causas humanitárias e sempre que pode se refugia em sua residência às margens do lago Como, e não em uma cobertura em Los Angeles, o que diz muito sobre seu refinamento. A única coisa que me parecia cafona em seu histórico era aquela insistência em se manter solteirão.

Ele corrigiu a tempo.

Feito, George. Você já era chique, agora é perfeito. Aos 53 anos, escolheu uma linda e discreta advogada libanesa com o seu mesmo coeficiente de classe. Se serão felizes para sempre é um assunto que não nos diz respeito e talvez nem a vocês – coisa mais antiga assinar compromisso com a eternidade. O que importa é que a partir de sábado você deixará de vez a turma mal-afamada dos galinhas.

Eu falei obituário alguns parágrafos atrás? Agora é que percebi. Ato falho. George Clooney não morreu, está apenas se casando, o que não muda nada no universo das fantasias femininas, onde todos entram sem aliança.

Mas para quem não se conforma e acredita em milagres não custa rezar. Ainda faltam três dias.

*24 de setembro de 2014*

# Riso e comoção

De uns anos pra cá, me envolvi mais com teatro. Alguns livros meus foram adaptados e isso me trouxe novos amigos e uma convivência de bastidores. Foi quando comecei a observar a insistência que muitos têm em classificar suas peças como comédia, não importando o teor do texto ou o espírito da montagem. Seja qual for o enredo, a tendência é avisar que o riso estará garantido em alguns momentos. Uma vez, ao dar uma entrevista para divulgar um espetáculo, a atriz ao meu lado suou frio quando revelei que o texto era todo composto de poemas. Pô, eu estava jogando contra ou a favor?

Era de fato um espetáculo de poemas – muito bom, aliás, e também divertido –, mas quem confiaria nisso?

Essa obsessão pelo riso é triste. Os profissionais de teatro acabam se rendendo ao comportamento viciado da plateia, que tem a ideia errada de que se divertir é sinônimo de gargalhar. As pessoas não entendem que se emocionar, ser provocado, ser impactado, tudo isso também entra no pacote do entretenimento. Quando alguém vai ao teatro, deveria almejar voltar para casa não apenas com a lembrança de uma boa piada, e sim gratificado por ter tido sua inteligência homenageada e por ter sido tocado pela magia da arte.

Entreter é distrair – não obrigatoriamente divertir. Uma boa peça nos distrai do cotidiano repetitivo, nos distrai de nossas ideias acomodadas, nos eleva a uma dimensão mais rica, nos faz mergulhar num mundo de beleza e perplexidade. Estupor também distrai. Enlevo também distrai. E o riso, claro, também dispara nossa reflexão. Não precisa ser usado apenas como recurso para que a audiência sinta que não desperdiçou seu dinheiro.

Ao ler sobre *A toca do coelho*, excelente peça que esteve em cartaz em Porto Alegre, me surpreendi com as entrevistas dadas antes da estreia: garantia-se que o público iria rir, mesmo a peça tratando-se de um casal que perde um filho de quatro anos – é provável que temessem que ninguém sairia de casa para assistir a um drama. Entendo que elenco e produção, que vivem do teatro e precisam gerar bilheteria, tentem atrair espectadores fazendo o jogo do contente, mas é mau sinal. Deveríamos ter um público adulto capaz de se sentir recompensado pela troca de experiências sensoriais que o teatro oferece, sejam elas quais forem. Essa falta de confiança na nossa maturidade me constrange.

Assisti a *A toca do coelho*. Meia dúzia de gracinhas foram inseridas no texto para aliviar o conflito em cena, que é denso, mas nada convidava a sonoras gargalhadas. Porém, claro que elas estavam lá, as sonoras gargalhadas da plateia, pois se a criatura não ri, como vai dizer que gostou?

Aquilo que não nos faz rir também merece caloroso aplauso. Aceitemos nossa capacidade de gostar daquilo que intimamente nos comove sem que precisemos fazer barulho.

*1º de outubro de 2014*

# Comida no prato

Daniel Filho é um diretor incansável, sempre disposto a novos desafios, mesmo já tendo conquistado seu lugar de honra entre os maiores nomes do cinema e da tevê brasileira. Quando ele tinha 72 anos e filmava o longa-metragem sobre Chico Xavier, alguém perguntou por que ele não parava de trabalhar. Ele respondeu: “Minha mãe me ensinou a nunca deixar comida no prato. E tem comida no prato”.

Filosofia do dia a dia. Está explicada a dificuldade que muitos sentem ao se aposentar. Ainda tem comida no prato. É uma sensação comum também a todos os que são sutilmente convidados a saírem de cena, tendo suas solicitações de emprego negadas ou deixando de serem chamados para participar de reuniões familiares e sociais. Como assim, se ainda tem comida no prato?

Mais do que comida no prato, ainda existe fome.

O ser humano aceita a ideia da morte (real ou figurada) apenas quando não se reconhece mais como um faminto, quando o corpo cansa, a mente falha e a alma pede pra sair. Quando não há mais vontades, desejos, planos. Quando não vê mais necessidade de alimentar-se do que a vida oferece – música, cinema, amigos, natureza, sexo. Quando não há mais um sonho para renovar a energia, um projeto passível de realização, nenhuma esperança de que amanhã tudo possa mudar. Quando a sensação for de completo enfado. Quando não houver mais comida no prato.

Será que esse dia chega, mesmo?

Às vezes me consola pensar que sim, que chegará o dia em que estarei esgotada de tantas emoções vividas, de tanta agitação em volta, e em que a ideia de descansar em paz não será tão aterrorizante. Trabalho feito, missão cumprida, uma vida aproveitada até a rapa – o que mais se pode querer? A comida some do prato e levantamos da mesa sem a sensação de estarmos nos antecipando. É um plano de retirada maduro e consciente.

Porém, converso com pessoas que estão na chamada terceira idade e elas me dizem: não mesmo. Não é assim. "Quero mais", dizem todas elas, mesmo com artrite, catarata, apoiados em bengalas. "Quero mais." Alcançam o seu prato para o chefe da cozinha e exigem uma porção adicional, e mais uma, e outra, e de novo. Quem ousará acusá-las de fominhas?

Para quem encara como um privilégio o fato de ter nascido, para quem não permite que suas potencialidades, mesmo reduzidas, sejam vencidas pelo desânimo, para quem domina a arte de temperar o convívio com as pessoas que ama, nunca chegará o dia de declarar-se satisfeito. Aos 79, aos 84, aos 91, aos 98: enquanto a vida parecer suculenta, ninguém há de cruzar os talheres.

*5 de outubro de 2014*

# Um acordo com a infância

Tenho um amigo que só lembra coisas maravilhosas da sua infância, desde um balanço que havia no pátio da sua casa até os aromas inesquecíveis do café que a avó preparava todas as tardes. Suas memórias parecem um comercial de panetone. Teve uma vez que nós, da turma, nos irritamos com ele. Vem cá, você não se lembra da vez em que seu pai te colocou de castigo sem razão, da vez em que você foi o único a não ser convidado para o aniversário de um colega de aula, da vez em que todos os seus primos combinaram de fingir que não ouviam nem enxergavam você, de como você morria de vergonha das suas espinhas, de quando você escutou uma tia chamando você de filhote de cruz-credo?

Ele respondeu: não.

Ele não lembra essas coisas porque elas não aconteceram, mas certamente ele vivenciou algumas outras humilhações, teve que engolir raivas, sentiu-se desprotegido. Só que ele fez uma edição caprichada do filme da sua vida: deletou os maus momentos e salvou a parte boa, e é somente sobre ela que comenta com os amigos.

Mesmo a infância mais idílica tem seu lado soturno. O filho do meio que se sentia negligenciado pelos pais. A menina que era obrigada a se vestir de princesinha quando queria mesmo era jogar bola com os garotos. A vez em que o violão tão esperado não veio: Papai Noel trouxe uma gaita de boca. Sem falar nas questões barra pesada: fome, abusos, perdas. Todo adulto é o resultado de uma criança que, mesmo tendo tido avós rechonchudos, bolos, pracinhas, piqueniques, vira-latas, árvores de Natal e castelos de areia, teve que ser muito homem antes da hora. Ou muito mulher.

Aí crescemos e há duas opções: ou saboreia-se a vida, ou suporta-se a vida. Essa sutil diferença de verbo e de postura é consequência do quanto esse adulto conseguiu entrar num acordo com a própria infância. Se até hoje ele não perdoou o colega que o difamou na hora do recreio, se continua acreditando que teve culpa pelo atropelamento do cachorro e se não se conforma de nunca ter recebido um abraço do pai, vai continuar arrastando correntes vida afora, preso a um passado que já foi, já era, e que não vai mudar.

Meu amigo negociou do jeito dele: jura que nada de ruim o afetou na infância, nada, zero, nem o beijo negado pela namoradinha do bairro, nem a vez em que quebrou o braço na rua e ficou na porta de casa esperando que alguém chegasse, nem de quando sua mãe esqueceu de buscá-lo na escola.

Ele conseguiu essa proeza: superar o fato de sua mãe ter esquecido de buscá-lo na escola no dia em que ele completava oito anos. Temos vontade de esganá-lo por ser uma criatura tão elevada. E ele, rindo, nos chama de crianções, nós que ainda não aprendemos, como ele, a deixar os dodóis do passado para trás.

*12 de outubro de 2014*

# Filósofo celestial

*"Resmungos e ranger de dentes não vão ajudar, as coisas mudaram e precisam ser assimiladas o quanto antes, porque vieram para ficar. Resistir ao que de todo modo vai acontecer seria falta de sabedoria e perda de tempo."*

Me senti uma garotinha de cinco anos ao ler esse puxão de orelhas que havia sido direcionado a mim. Em três linhas eu havia sido chamada de birrenta e burra. Tranquei o choro.

Mas logo me dei conta de que eu não tinha mais cinco anos e que não deveria levar a reprimenda tão a sério, afinal, foi direcionada a mim, mas também a outros tantos, e por alguém que nem me conhece direito. Resolvi achar graça e tocar minha vida sem me perturbar com questões menores.

Mas ele não se abalou com meu pouco caso e seguiu com a artilharia pesada.

*"Tenha cuidado com esse cansaço que pesa sobre a alma, pois é ele que induz a acreditar na ilusão de que os problemas poderiam ser resolvidos de uma tacada só, com fórmulas mágicas. Isso não acontecerá de jeito nenhum."*

Rogando praga. Insolente. Quem disse que estou com cansaço na alma, quem?

Resolvi ler o que ele dizia sobre os outros signos. Realmente, ele não era um representante da geração paz & amor, mas pegava mais leve com Áries, Gêmeos, Libra. Comigo é que a rudeza imperava. Perseguição nítida.

A solução era simples: deixar de dar ibope para as suas ralhações astrológicas. Ignorar. Estava decidida a fazer isso a partir do dia seguinte. Porém o novo dia amanheceu, como sempre amanhece, e eu me vi espichando o olho para aquele quadradinho minúsculo com três pequenas linhas onde cabia toda a ira do universo contra mim. Foi então que compreendi como funciona a cabeça dos leitores que odeiam certos colunistas do fundo do coração. Xingam, rosnam, ofendem, mas não os abandonam nem sob decreto.

*"Nada que for feito intempestivamente ajudará a resolver coisa alguma. Certamente, não será fácil conter os impulsos, mas, se você não se empenhar nesse sentido, sua alma não merecerá ser chamada de humana. Contenha-se!"*

Nunca homem algum ousou mandar eu me conter, o abusado foi o primeiro – e ainda usou ponto de exclamação!

Mas se há algo que sobra em mim é resiliência. Se ele acha que vou bater em retirada, engana-se. Vou continuar aqui, pode continuar me atacando, eu aguento.

*"Os temores arraigados em sua alma* (lá vem ele com essa história de alma outra vez) *têm sobre você o poder que você lhes outorgar, nem um pouco a mais do que isso. Esses temores são fantasmas que assombram a perspectiva de progresso que se encontra disponível."*

Entendi. É tudo coisa da minha cabeça. Sou responsável pelas minhocas que coloco na cabeça, e você é apenas um filósofo a serviço dessa reles criatura que teima em não evoluir.

Não me faltava mais nada. Humilhada pelo meu próprio horóscopo.

*22 de outubro de 2014*

# A nova juventude

O que não falta é frase satirizando a primeira etapa da vida. Exemplo: "A juventude é um defeito facilmente superável com a idade". Outro: "A juventude é uma coisa maravilhosa, pena desperdiçá-la em jovens". Quem ultrapassou essa fase dourada hoje olha para ela com certo desprezo – não de todo equivocado: a maturidade, de fato, se não é nosso período mais fértil, certamente é o mais sabido. Algum benefício tinha que haver nessa tal passagem do tempo.

No entanto, em vez de fazer coro com a soberba habitual dos maduros, vale dar uma espiada mais generosa para a garotada. Afora os neorretardados que proliferam nas redes esbanjando pobreza de espírito, a geração atual tem uma postura mais humanizada em relação a questões importantes da vida. Vale a pena escutá-los.

O tema da homossexualidade, ainda debatido à exaustão na mídia, já saiu de pauta entre os adolescentes. Nada mais natural do que meninos e meninas namorarem parceiros do mesmo sexo. Ser favorável ou desfavorável à causa gay? Concordo com eles: chega a ser constrangedor a gente se declarar a favor ou contra o que não nos diz respeito. É muita arrogância.

Quanto à busca por uma profissão, mudanças visíveis também. O dinheiro continua sendo uma preocupação, mas já não ocupa o topo das paradas. O que se deseja é fazer diferença para a sociedade, trabalhar no que se gosta, personalizar sua atuação, deixar marcada uma ideia, uma consciência, um caminho diferente, um novo olhar. Nem que para isso se invente uma profissão que nunca existiu, que se formalizem atividades que antes não eram consideradas. Estudar segue fundamental, mas a sequência colégio-vestibular-faculdade vem ganhando bifurcações. Se a felicidade não estiver na vida sólida e estável que os pais sonharam, paciência. Os sonhos dos velhos terão que se adaptar a uma realidade menos regrada.

Sim, ainda existem os adolescentes convencionais que sonham com casamentos convencionais e empregos convencionais e que querem enriquecer, consumir e ser "alguém". A diferença é que esse "alguém" padrão, que se amparava em hierarquias para estabelecer juízos de valor, não representa o jovem moderno que quer construir uma sociedade mais horizontalizada. A noção de riqueza está mudando de foco: ir para o trabalho de bicicleta pode dar mais status a um profissional do que conquistar uma vaga no estacionamento reservado aos patrões.

Outro dia falava sobre tatuagens com duas garotas e me peguei aplicando o velho discurso a respeito do cuidado que elas deveriam ter antes de tomar decisões definitivas. Foi quando me dei conta de que até o definitivo mudou de configuração. Elas não veneram o "pra sempre" – o que acho ótimo, mas então por que fazer uma tatuagem? Simplesmente para homenagear uma etapa da vida. Não haverá arrependimento se o assunto não for levado com tanto drama. Tatuagem deixou de ser uma condecoração vitalícia. Nada mais é vitalício.

Basta que seja sustentável.

*26 de outubro de 2014*

# A tal correria dos dias

O que é luxo para você? Já houve quem respondesse: uma bolsa Prada, um vinho Romanée-Conti, a suíte do Hotel Hermitage em Monte Carlo. Aí ostentar passou a ser brega, e as respostas mudaram: levar meus filhos à escola, almoçar em casa todos os dias, encontrar os amigos uma vez por semana. Tocante, mas familiar demais. Até que se optou por algo mais contemporâneo: luxo é ter tempo. É o que 10 entre 10 entrevistados respondem hoje.

Quem ousaria discordar? Luxo, de fato, é ter tempo. Ainda mais nesses dias turbulentos, em que se corre de um lado para o outro vivendo contra o relógio. Estão todos megaocupados, não estão?

É o que se diz. Você tem que renovar a carteira de habilitação, tem que cortar o cabelo, tem que visitar um cliente, tem que levar a bicicleta para o conserto, ir à farmácia, ao dentista, à aula de pilates, à terapia, esperar o eletricista, levar o cão para passear, mandar um sedex e ainda utilizar oito das 24 horas do dia trabalhando. Aliás, seu dia ainda tem 24 horas? Parabéns. Eu devo ter bobeado, pois afanaram umas cinco horas do meu.

Resultado: você não tem mais tempo para nada. E essa é uma constatação tão irrefutável, tão crível, tão corriqueira que os outros não questionam, aliviando você da culpa que sente por estar sempre alegando falta de tempo quando, muitas vezes, a falta é de interesse.

Dar uma carona para sua tia tagarela até a rodoviária numa sexta-feira chuvosa às sete da noite? Você adoraria, mas está entrando numa reunião.

O filho do seu vizinho vai estrear como DJ de um bar no outro lado da cidade? Você adoraria, mas está entrando numa reunião.

Churrasco do pessoal da empresa no domingo, num sítio a 170km de distância, sem sinal de internet, tendo que levar a própria bebida? Você adoraria, mas está entrando numa reunião. De condomínio, sério!

Seu primo vai tocar num recital quarta-feira? Você adoraria, mas às quartas sempre fica doente.

Adiaram para quinta? Você acaba de baixar hospital.

Você não tem tempo para nada que não queira fazer, e ninguém acusa você de antipático porque estão todos na mesma situação, sem "tempo" para aquilo que antes não tinha escapatória, mas que atualmente tem, graças à abençoada agenda lotada.

Luxo mesmo é viver numa era tão esquizoide que te concede a desculpa perfeita para estar em outro lugar.

*29 de outubro de 2014*

# Morra bem

Um dos meus textos mais conhecidos chama-se *A morte devagar*, que publiquei na véspera de Finados de 2000 e que logo ganhou o mundo com o título *Morre lentamente*. No início foi equivocadamente atribuído a Pablo Neruda, por isso o espalhamento e seu sucesso. Passado tanto tempo, já me devolveram a autoria e hoje esse texto virou canção na França e entrou no roteiro de um filme italiano – sem falar nas traduções para o espanhol, que alguns desconfiados ainda acreditam ser seu idioma de origem.

Na época, aproveitando a proximidade do Dia dos Mortos, escrevi puxando as orelhas (não os pés) daqueles que morrem em vida: os que evitam o risco, a arte, a paixão, o mistério, as viagens, as perguntas – apenas atravessam os dias respirando.

Hoje, neste dia de Finados, 14 anos depois, reitero: não morra lentamente. Morra rápido, de uma vez só, sem delongas. Morra quantas vezes for necessário.

Quando fiz meu mapa astral, ouvi da astróloga: "Você tem dificuldade de lidar com ambivalências, gosta das coisas esclarecidas, para o bem ou para o mal". E ela concluiu: "Morrer é algo que você faz bem. Ficar em banho-maria, não".

Sombrio? Soturno? Ao contrário. Entendi com clareza sobre o que ela falava. Morte é a antessala da luz. Não a morte definitiva, que encerra o assunto, mas as diversas mortes em vida, os vários falecimentos a que somos submetidos. É preciso morrer bem enquanto se vive.

Cada final de amor é uma pequena morte, por exemplo. Morre lentamente quem fica alimentando fantasias de retorno, planejando vinganças, cultivando lembranças com naftalina. Sei que dói, mas não deixe esse amor definhando na UTI, dê logo a extrema-unção, acabe com isso, morra rápido, morra de vez, para que possa renascer ligeiro também.

Finais de carreira, finais de amizade, finais de ciclo: mortes que acontecem aos 30, aos 40 anos, em qualquer idade. Dói, dói demais, não estou negando a dor, mas o que você prefere? As dúvidas, as ilusões, o apego? Prefere a sobrevida a uma vida nova? Confie na experiência de quem já se enterrou algumas vezes. Morra. Morra bem morrido, baby.

Final de juventude, final da faculdade, final de uma viagem de intercâmbio: vai ficar se lamentando como se tivesse 18 anos para sempre? Mate o garoto, renasça adulto.

A morte daqueles que amamos é trágica, mas nossa própria morte, não. Ela é uma contingência de nossa longa existência, e essa não é uma frase cínica, simplesmente é assim. Nossos sonhos morrem. Nosso passado morre. Nossas crenças, nossas fases. Fazer o quê? Morra bem. Morra com categoria. Com dignidade. O menos lentamente possível. Morra de morte bem arrematada, uma, duas, três mil vezes, morra em definitivo sempre que for exigido, para sobrar tempo.

Tempo para a vida em frente.

*2 de novembro de 2014*

# *Relatos selvagens*

O mundo é um hospício.

Portanto, deve-se congratular a maioria de nós que não aceita provocações e toca sua vida sem entrar em confusão. Devem-se aplaudir os que levam rasteiras e não partem para o olho por olho. Deve-se comemorar o fato de sermos resistentes a todos os desaforos que nos fazem, pois, se fôssemos excessivamente esquentados, raivosos e incontroláveis, não sobraria um único vivente para contar a história.

Não que tenhamos que ser pangarés: se indignar é da nossa natureza. Mas fazer tudo o que dá na telha, atendendo apenas aos nossos impulsos primitivos, nos levaria a um quadro semelhante ao mostrado no genial *Relatos selvagens*, filme que está provocando gargalhadas e reflexões: como é que aguentamos tanto estresse? Afora os malucos, a maioria de nós é civilizada até demais.

O filme é produzido por Pedro Almodóvar, que se encantou com o roteiro nonsense do argentino Damián Szifron, diretor dos seis episódios independentes que constituem a obra, um deles protagonizado por Ricardo Darín. O personagem de Darín é um engenheiro especializado em implosões, mas que explode diante da burocracia e do pouco caso que os serviços públicos dispensam ao contribuinte.

Nos outros cinco episódios, descobre-se que todos os passageiros de um avião são desafetos do piloto, uma cozinheira de restaurante de beira de estrada induz a garçonete a envenenar um cliente sacana, um milionário corrompe o jardineiro para que ele assuma a autoria de um acidente, dois motoristas se desentendem na estrada e, por fim, o mais divertido de todos: uma noiva descobre em plena festa de casamento que o noivo é amante de uma das convidadas.

O episódio de abertura é uma bizarrice, mas os outros podem acontecer com qualquer um de nós, só que sabemos a hora de interromper a cena antes de chegar às últimas consequências. O filme, não. O filme vai até as últimas consequências sem negociar com a moral, com a lei e com a ponderação.

*Relatos selvagens* funde os conceitos de real e irreal, abre as cancelas que confinam nossas emoções e nos deixa cara a cara com "o que poderia ter sido". Criativo e ousado, sua comunicabilidade é imediata e contagiante. Apesar de absurdos, acreditamos em cada personagem e torcemos por eles, não por serem bons, mas por apresentarem uma demência que nos comove. A piração é tanta que faz parecer que na tela estão crianças enfurecidas por causa de um brinquedo quebrado. Não conseguimos vê-los como criminosos. Tudo não passa de birra, apenas.

O filme nos ganha porque ultrapassa nosso espanto racional e adulto até alcançar nosso riso frouxo e juvenil, o riso típico de quem ainda não formou senso crítico, não tem juízo. No final das contas, toda selvageria é isso, uma volta às origens.

*5 de novembro de 2014*

# Um jeito de ser

Há muitos anos, tantos que minha memória pode estar me traindo, havia um programa de rádio local que fazia entrevistas e terminava sempre com a mesma pergunta: se você pudesse passar uma tarde conversando com qualquer personalidade mundial, viva ou morta, quem você escolheria? No topo das paradas se revezavam Martin Luther King, John Lennon, Shakespeare, Gandhi, Nelson Mandela e demais nomes desse naipe e magnitude.

Quando chegou minha vez de ser entrevistada, tirei um Nelson do bolso também, mas não era o Mandela. Respondi singelamente: adoraria passar uma tarde conversando com o Nelson Motta.

Naquela época, nem em sonhos imaginaria que um dia teria esse privilégio. Até hoje, aliás, não tive – e é provável que nunca tenha. Estamos apenas menos distantes, nossos universos se aproximaram, mas nos jogarmos num sofá pousando os pés em cima da mesinha de centro, como dois velhos amigos? Desconfio que não nesta encarnação.

Por que escolhi Nelson Motta em vez de Freud, Mick Jagger, Woody Allen? Nem eu mesma sei direito a razão de ter negligenciado meus ídolos de estimação. Talvez porque, na presença de grandes nomes, eu me limitaria a fazer uma entrevista, sem conseguir tirar meus sapatos e colocar as pernas para cima. Com Nelson Motta eu conseguiria – acho até que ele não permitiria que fosse diferente.

Antes da literatura, minha maior paixão foi a música popular brasileira, o que explica eu ter seguido os passos desse jornalista e produtor musical que fundiu sua própria vida com a sonoridade extasiante que o Brasil produz. Nossa música é nossa maior riqueza, e Nelson Motta não só entendeu isso como a honrou através de artigos, estímulos, descobertas e inclusive com canções próprias. Só isso justificaria meu encanto, mas tem mais.

Tem a coisa do jeito. O que me fascina nas pessoas, qualquer pessoa, é o jeito. Não é o currículo, o discurso, o passado, o futuro, e sim o jeito de dizer as coisas, o jeito de levar a vida, o jeito de sorrir, o jeito de olhar, o jeito, simplesmente – fator tão esnobado, porém de alta relevância, ao menos pra mim.

Nelson Motta me ganhou não só pelos seus livros, mas por ter transformado seu trabalho em mais uma aventura amorosa, por nunca perder o balanço das ondas mesmo vivendo a rotina estressante imposta a todos nós, por ser um cara que joga o jogo em vez de assistir da arquibancada, por ser um entusiasta de tudo que é bonito, bom e suingado, por buscar a palavra mais poética para dizer o que poderia soar pouco palatável e por manter inalterado aquele sorriso de menino no rosto, contrariando todas as teses de que o tempo passa e nos envelhece. Quem disse?

Ao completar 70 anos, dias atrás, tive o privilégio de estar bem perto dele, tão perto que não resisti em perguntar, como se uma entrevista fosse: qual o segredo, afinal?

Ele: "Não guardar rancor".

Não tirei os sapatos, mas tirei o chapéu.

*9 de novembro de 2014*

# Escritor mesmo

Sempre me considerei uma mulher adaptável. Me convide para um baile na corte ou um churrasco na laje e me sentirei em casa pelo simples fato de estar bem assentada em mim. O que vier eu destrincho, desdobro.

Isso até outro dia, quando voltei a frequentar a única espécie de roda que me faz tremer na base: a dos festivais literários. No início correu tudo bem, conversei com colegas que conhecia de vista ou de nome, rimos muito, viramos uma turma, mas houve um momento em que os astros deram uma pirueta nos céus e desconfiguraram a cena: sem entender como, fui parar numa mesa de restaurante com três figurões da literatura com quem nunca havia interagido antes. Calma, qual o espanto? É só participar do papo, você já fez isso mil vezes.

Aí é que está. O papo foi sobre as variadas vertentes do judaísmo. A filosofia alemã do século XVIII. Os mais influentes documentários políticos da história. As consequências da xenofobia francesa para a economia. Quando escutei um deles declarar furioso "Nem arrastado eu moraria em Paris", pedi licença, me levantei e fui ao encontro de uma blogueira divertida que amaria estudar em Paris, casar em Paris, ser infeliz em Paris.

Há gente que vive de escrever e há os escritores *mesmo*. Aqueles da mesa eram escritores *mesmo*. Alto padrão intelectual. Colecionadores de prêmios. Catedráticos viajados, virtuoses da língua, candidatos fortíssimos à Academia Brasileira de Letras. Eu? Uma penetra. Mesmo.

Esse episódio me fez lembrar uma conversa que tive com um amigo da adolescência que convive comigo desde sempre, sabe a gaiata que sou, e que me disse que muita gente que não me conhece pensa que, se me levar a um restaurante, vai ter que enfrentar essa mesma discussão filosófico-cultural. Dei risada. Ele me olhou bem sério e disse que não era brincadeira: escritores assustam, ele garantiu. Quase chorando, perguntei: isso significa que estou ferrada? Ele me abraçou e disse: está, amiga. Se quiser sair e namorar, entre no Facebook e procure a turma da praia, do colégio, do clube, do bairro, aqueles que conviveram com você antes de você ter dado certo.

Fiquei tão desolada que ele me pagou outra cerveja.

Era machista sua avaliação, mas quando me vi cercada pelo grupo erudito entendi. Se aquela era a imagem que se fazia dos escritores, coitados de nós. Estávamos em maus lençóis. Quem se aproximasse acreditaria estar condenado a debates e palestras até durante o bem-bom.

Há os escritores mesmo, cuja sabedoria sobressai desde o aperitivo até a sobremesa (e têm todo o meu respeito), e há aqueles que apenas tiveram o privilégio de publicar seus textos e que dão pitacos sobre cultura pop, cinema, viagens, televisão, futebol, encrencas, roubadas, amores, alegrias, assumindo o mundanismo que os constitui. Não sou uma escritora mesmo. Não sou nada que mereça o "mesmo" como reforço. Meio baile na corte, meio churrasco na laje. Mesmo, mesmo, bem-intencionada e só.

*16 de novembro de 2014*

# Por que gosto de teatro

Assisti ao Bruno Mazzeo no espetáculo *Sexo, drogas e rock'n'roll*, um título com aroma de naftalina, porém não há nada de antigo na peça – a não ser o saudoso politicamente incorreto, que caiu em desuso e, de tão patrulhado, só se encontra no mercado negro.

Pois então, eu estava no teatro e pensava nisso, em como são poucos os espaços hoje para se permitir uma liberdade gaiata sem temer críticas, perseguições, acusações. Acho que gosto de teatro por isso: porque ele não é impresso, gravado, postado, tuitado, não produz provas contra si mesmo. É exibido em determinado tempo e espaço apenas para um seleto grupo que não tem em mãos controles remotos, telefones, nada que interfira na cena – a plateia fica rendida e concentrada em absorver o que escuta e enxerga, ciente de que, ao cerrar das cortinas, tudo evaporará. O que foi visto ficará sem registro palpável. Teatro é uma ilusão: tudo é possível, tudo acontece, mas sobrevive só o que você permitir que sobreviva – dentro de você.

Cinema tem um pouco disso, mas é possível rever o filme na tevê ou no youtube, ou comprar uma cópia para ter em casa, então ele se torna palpável, ganha longevidade. É analisado, estudado, decifrado, editado e, como tudo que permanece, tem um destino cruel: envelhece – a não ser que tenha nascido para clássico.

Teatro não envelhece, foi apenas um sonho bom. Ou um sonho ruim. É volátil, uma conexão temporária, sem amarras. É uma relação aberta, uma ficada, desperta paixões momentâneas, te faz rir, chorar, te pega pela mão e te leva para um lugar desconhecido, parece tão real, e de repente você acorda e vê que não. Real foi o que você sentiu, apenas. Você volta para casa e pode contar para os outros o que aconteceu, mas não pode mostrar.

Então estava eu lá no teatro me divertindo com as situações apresentadas no palco e ao mesmo tempo pensando sobre elas, mergulhada naqueles 60 minutos em que estava sendo homenageada por uma alegoria ao vivo, e que se dissolveria – dissolução que uma espectadora ao meu lado não aceitava, ela não parava de fotografar e assim tentava capturar o sonho, prendê-lo como a um pássaro em uma gaiola da Apple ou da Samsung, desvirtuando a mágica. Ela não entendia nada de teatro, claro. No teatro, quem tem que ser capturado somos nós.

E uma vez capturados, sermos despidos dos nossos preconceitos, das nossas defesas, da nossa censura e do nosso desejo infantil de que tenham tato conosco – tato é muito bom nas relações cotidianas, mas teatro não é lugar para diplomacia. O teatro tem licença para provocar, irritar, constranger, iluminar, elevar, surpreender, encantar, desencantar. Podemos não gostar da peça, mas há que se reconhecer o respeito que tiveram conosco ao nos tratarem sem condescendência. O teatro confia nos sonhadores.

*19 de novembro de 2014*

# Todos os dias em cartaz

Passei uma semana em Portugal e trouxe de lá algumas ideias para crônicas, mas elas terão que esperar, pois nesse meio tempo fui assistir a *Boyhood* e, se eu adiar meu comentário, temo que você perca o filme. Pois é, estou assumidamente recomendando-o, o que sempre é um risco. Uma amiga foi ver *Relatos selvagens* depois de ler a coluna em que eu o celebrava e saiu no meio, mas prefiro achar que ela estava num dia ruim, apenas.

Um casal também saiu no meio da sessão em que eu assistia a *Boyhood,* e estou certa de que eles receberam uma chamada avisando que sua casa estava em chamas, só pode. O filme é longo, mas curtíssimo se considerarmos que narra a trajetória de um garoto entre os seis e os 18 anos – com o mesmo ator. Um filme rodado durante 12 anos, acompanhando pacientemente um menino se transformar em homem, merece que fiquemos reles 165 minutos colados na poltrona do cinema. E esse é só um dos motivos.

*Boyhood* é daqueles filmes em que não acontece nada, a não ser a vida. É comovente assistir ao amadurecimento do garoto Mason através da sua relação com os pais divorciados, do convívio com sua irmã implicante, de seu despertar para a sexualidade através de revistas de mulher nua, do bullying na escola, das relações com padrastos indesejáveis, da necessidade de se autoafirmar junto aos amigos, do primeiro amor, do pavor de vir a reproduzir o mesmo destino trilhado pela geração passada e das dúvidas infinitas sobre o que ser quando crescer – se é que vale a pena crescer num mundo que oferece tão poucas saídas originais.

É sobre isso tudo o filme em que não acontece nada.

Saí do cinema envolvida por aqueles seres humanos que, na tela, mostram o quanto somos diferentes uns dos outros e o quanto a necessidade de se ajustar iguala a todos. Me identifiquei com os pais que buscam encurtar as distâncias com os filhos e fiquei mais tolerante com os filhos que precisam de distância para continuar a se relacionar bem com os pais. Vi a mim mesma nos variados papéis já interpretados até aqui (filha, mãe, mulher etc.) e com papel nenhum, à deriva. Mas sem melancolia, apenas com o reconhecimento sereno de que o tempo passa, dando a impressão de que os dias se repetem idênticos, mas na verdade cada dia vivido encerra em si uma história apaixonante com começo, meio e (melhor de tudo) com um fim sempre em aberto, com continuidade amanhã.

*10 de dezembro de 2014*

# A maior rua que existe

Estava descendo uma ladeira do Chiado, em Lisboa, quando passei por um mendigo. Seria mais um entre tantos que ocupam as calçadas, mas percebi que ele estava cercado de cartazes dizendo que a esmola iria para o uísque, o vinho, a cerveja, a ressaca. Um mendigo engraçadinho. Fiquei observando. Os turistas passavam, riam e distribuíam moedas não por caridade ou desencargo de consciência. Era couvert artístico.

Quando o pessoal se afastou, me aproximei dele e conversamos rapidamente. Vi que tinha um cartaz escrito: "Ao menos sou sincero". Perguntei se ele gastava mesmo em bebida e ele disse que também comia alguma coisa, claro, e gastava também em locomoção, trocava de ponto, de cidade e até de país (estivera há pouco tempo em Sevilha), mas morava na rua mesmo. Ele estava sozinho naquele momento, mas o "espetáculo" não era solo, havia mais dois ou três amigos nessa onda, e com eles formava os "The Lazy Beggars". Tinham até um site.

Um site??

Sim, para donativos on-line, assim as pessoas não precisariam se aproximar de uns sujeitos sujos e fedorentos, podiam doar dinheiro de forma rápida e segura pelo PayPal. Bem-vindos ao século XXI. É a nova geração de mendigos, disse ele.

Como tudo começou? Eram artistas de rua, faziam malabarismo, tocavam alguma música, até que um dia um vira-lata que estava por perto começou a tremer, e eles, de gozação, fazendo de conta que era alguma abstinência do bicho, colocaram um chapéu e um cartaz em frente ao cão dizendo: "Para cocaína". Em poucos minutos o cachorro ganhou mais moedas do que eles na semana inteira. Adotaram-no, cuidaram dele (conheci, chama-se Nemo) e ele virou mascote da trupe.

A quem pergunta por que eles não trabalham, a resposta vem rápida: "Como não trabalhamos? Passamos de 8 a 12 horas nas ruas fazendo os outros rirem". À noite eles se recostam em algum canto e muitas vezes conseguem dormir em garagens de amigos conquistados nesses últimos cinco anos em que levam sua miséria na flauta.

No site, há dicas para quem quiser pedir esmola de forma criativa. Vale tudo: tocar um instrumento invisível e expor um cartaz dizendo "roubaram minha guitarra" ou colocar uma máscara com o rosto de alguma celebridade junto a um cartaz dizendo "para outra mansão".

Funciona mais do que cartazes dizendo que se está passando fome. Lamentos não comovem mais ninguém, ele acha. As pessoas preferem remunerar o bom humor.

Por fim: o site funciona? Ele é franco: "Pouco". As pessoas gostam de doar pessoalmente, mas como ficar fora da web? A internet é a maior rua que existe.

Dei a ele uns trocos e pedi para tirar uma foto. Ele levantou um cartaz dizendo que fotos custavam 278 euros. Tirei a foto mesmo assim e sorri. Ele respondeu: está pago.

*21 de dezembro de 2014*

# *Handle with care*

Certamente você já leu a frase que acompanha o aviso "Fragile" em embalagens que chegam do exterior. Duas mãos espalmadas circundam uma caixinha e a etiqueta diz: *handle with care*. Manuseie com cuidado.

Uma querida amiga que mora na Suécia me mandou um e-mail essa semana dizendo que muitas pessoas deveriam ter este adesivo grudado no próprio corpo. Eu diria que não apenas muitas: todas. Afinal, nada mais frágil que um ser humano.

Costumamos tratar com delicadeza as crianças, por seu tamanho e inocência, e os idosos, por sua vulnerabilidade física e por respeito, mas quando se trata da vastíssima parcela da população que se situa entre esses dois extremos passamos por cima feito um trator desgovernado. A ideia geral é: adultos sabem se defender.

Alguns sabem, outros menos. Todos nós recebemos vários trancos da vida e acabamos desenvolvendo alguma resiliência e capacidade de se regenerar, mas isso não quer dizer que não há dentro de nós algo que possa quebrar de forma irreversível.

E quebra mesmo. Espatifa de forma a impedir a colagem dos cacos. *Handle with care.*

Há por aí campanhas pregando mais gentileza e mais educação, e assino embaixo, naturalmente. Mas elas têm um caráter superficial, induzem apenas a gestos e atitudes corteses, como esperar alguém sair do elevador antes de entrar, dar bom-dia a quem cruza por nós, desejar feliz Natal e boas festas. Isso é tratar bem, não tratar com cuidado.

Tratar com cuidado significa se colocar no lugar do outro e dimensionar o quanto uma estupidez pode machucar. Significa levar em consideração as dificuldades de alguém a fim de não exigir demais de seus sentimentos e posicionamentos. Significa compreender que a comunicação é fundamental para o entendimento e a paz, e que atitudes bruscas podem ser mal interpretadas. Significa honrar o laço construído e não colocar na intimidade a desculpa para agredir – agressões não podem virar hábito da casa.

O que cada pessoa leva dentro? Sonhos que podem parecer bobagem para os outros, mas que são sagrados para ela. Traumas que ainda não foram superados e que doem a cada vez que são lembrados. Vergonhas inconfessas. Feridas que custaram a cicatrizar e que basta um cutucãozinho para reabrirem. Desejos que não merecem ser ridicularizados. Necessidade de ser amado e aceito. Uma parte da infância que nunca se perdeu.

As pessoas gritam e rugem umas para as outras, quando não fazem pior: ignoram umas às outras, como se todos fossem feitos de pedra, como se todos estivessem protegidos por plásticos bolha, como se a blindagem fosse geral: é só mirar e atirar que não dá nada.

Dá sim. Pode não parecer, mas todo ser humano é um cristal.

*24 de dezembro de 2014*

# Que 2015 não seja 100%

Que tudo que eu quero que aconteça não aconteça exatamente como imagino. Que eu consiga realizar meus projetos, mas que depare com pequenas dificuldades para continuar duvidando de mim mesma. Que me surjam ideias novas para abastecer minhas colunas, e também muitos dias de "branco" na cabeça para eu saber que meu cérebro nem sempre obedece aos meus comandos. Que meu trabalho atinja uma eficiência de 70% e me reste 30% de desacertos para não perder a humildade.

Uma amiga me desejou uma paixão que me tire o tino, que me faça cambalear pela sala, que me deixe maluca, abobalhada, sonhadora, acreditando em duendes. Francamente, isso se deseja aos inimigos. Troco essa epifania por um amor que atinja a meta de 80%, o que já é uma Mega-Sena. Que seja vibrante, sim, mas que nos mantenha com os pés no chão, conscientes de que o paraíso emocional não existe, mas pode-se chegar bem perto e será o bastante. Que haja uma porcentagem mínima de ciúme e desacordos, para que a segurança não seja total e se queira continuar juntos a fim de alcançar o inalcançável. Que sobre 20% de solidão, aquela solidão necessária mesmo quando estamos apaixonados, aquela solidão que fortifica a alma e que serve também, entre outras coisas, para valorizar nossos vínculos.

Que minhas amigas estejam por perto, mas não 100%, porque gosto de ter novidades para contar quando nos encontramos. Que minhas filhas estejam por perto, mas não 100%, não porque eu não queira, mas porque eu espero que elas não queiram, ou não seriam garotas antenadas e saudáveis – que jovem adulto não sonha em aventurar-se em seus próprios caminhos? Que minha família de origem – pais, irmão, cunhada, sobrinhos – esteja por perto, mas não 100%, para que continuemos a viver em harmonia (mas continuarei falando contigo todos os dias, mãe, prometo).

Saúde de atleta? Também não. Em relação à saúde corporal, fecho negócio em 95% pra mim e 5% para o oponente, a serem distribuídos entre espirros (pra lembrar que o corpo resmunga), febrículas (pela deliciosa transgressão de cair de cama no meio da tarde) e dores de cabeça na manhã seguinte a alguma farra. E deu. 5% de vulnerabilidade é suficiente para me manter alerta, fazer exercícios e abandonar o vinho depois do segundo cálice. Ou do terceiro. Quanto à saúde mental, fico com 60% sem achar que é pouco. Nem pensar em 100% de certezas, teorias, eloquências. Nem pensar – mesmo. Menos pensar e mais agir, mais impulsos, mais riscos. Estou topando dividir minha sensatez com especulações, atrevimentos e algumas fantasias ligeiramente ordinárias.

A vida não é impecável, por que eu seria? Em 2015, não almejo o absoluto, o total, o 100% concluído. Que sobre espaço a preencher para me manter em movimento. Feliz ano novo e incompleto pra você também.

*28 de dezembro de 2014*

# Pensar nunca funcionou

O músico uruguaio Socio compôs uma balada linda que se chama *Fan de Faith no More* e que escuto com frequência, apesar de uma parte da letra me intrigar. Lá pelo meio da canção ele diz "pensar nunca funcionou", e a cada vez que ouço esse verso penso: não, Socio, não é bem assim.

Logo me ocorrem várias experiências que vivi que só foram compreendidas através do pensamento, e todas as boas conversas que tive com amigos e que resultaram em mudanças de pensamento, e tudo o que escrevi movida pelos meus pensamentos, e todas as noites em que perdi o sono por causa dos meus pensamentos, e todos os filósofos que formataram e deram sentido aos meus pensamentos, e todas as consultas no psicanalista em que meus pensamentos foram cirurgicamente dissecados, e todas as discussões que brotaram porque meus pensamentos não combinavam com os dos outros, e todas as escolhas que fiz só depois que o meu pensamento autorizou, sem falar na superioridade que o ser humano se outorga por ter o privilégio de pensar e os bichos não.

Com que topete vem alguém dizer que pensar nunca funcionou?

A maior prova de que pensar funciona é que depois de muito pensar nesse verso acabei chegando à conclusão de que ele revela uma verdade, só que foi mal transmitida.

Pensar *demais* nunca funcionou. Faltou o advérbio de intensidade.

Pensar, a gente pensa mesmo que não queira. Estamos condenados à atividade cerebral, cada um fazendo bom uso ou mau uso dos neurônios que tem. Não é a isso que Socio se refere na música, imagino. Ele se refere a pensar demais. O demais ficou subentendido, é o que deduzo.

Pensar demais é uma insanidade, o que explica o fato de nós, mulheres, sermos todas meio dementes. Pensar demais é um autoboicote, pois depois que se atravessa a fronteira do pensamento controlado e se entra no território do pensamento obsessivo a cabeça da criatura começa a fundir e a soltar fumacinha, até a explosão final.

Pensando demais, a gente ultrapassa a sensatez e vai dar numa zona de turbulência que faz alguns parafusos se soltarem da fuselagem. A coerência desaparece e a fantasia assume o manche. Deveria haver uma sinalização de alerta quando a gente começa a pensar demais: desastre a 100 metros, desastre a 50 metros, desastre na próxima curva – pare!

Pensar demais é desperdiçar um tempo em que você poderia estar amando demais, se divertindo demais e levando a vida a sério de menos. É uma corrida em que sempre se passa voando pelo ponto de chegada, indo mais longe do que o necessário. É não ter freio para evitar o descarrilamento de ideias que nunca serão recolhidas, ficarão largadas na pista, sem dono. Pensar demais é um convite ao desatino.

É o que penso. Moderadamente, como é recomendável.

*4 de janeiro de 2015*

# Ela, a incorruptível

Terminamos 2014 sentindo vergonha do país e, ao mesmo tempo, com esperança. Vergonha pela roubalheira que veio à tona como nunca antes, mas, por outro lado, com esperança de que as acusações e punições amedrontem os que simpatizam com a prática de pagar por benefícios ilegais e de embolsar dinheiro indevido. Esperança de que essa exposição espalhafatosa dos podres do governo e de outras camadas da sociedade intimide os audazes corruptores da nação e que eles pensem duas vezes antes de continuar metendo a mão no que não lhes pertence, como fazem há séculos.

É o que nos resta: contar com a covardia deles. Estando a impunidade menos garantida, talvez já não arrisquem tanto em suas gatunagens. E deduzam o óbvio: por mais que roubem, nunca poderão subornar a morte.

Ela está logo ali em frente, aguardando seres humanos de todos os escalões, tanto os donos de jatinhos quanto os que puxam carroças. Com ela não tem carteiraço. A morte não apresenta tabela de preço. Não premia delatores. Não adianta trazer dinheiro grudado ao corpo com fita crepe, o vexame será inútil.

Se ela encasquetar que chegou sua hora, vai pegá-lo pelo colarinho branco e arrastá-lo à força, amarrotando seu terno Armani sem dar a mínima para quanto custou. E fará o serviço sem se anunciar antes para suas secretárias, seus assessores, guarda-costas. Ela não trata com intermediários.

A morte não embolsa agradinhos. Não recebe propina. Não negocia prazo. Não beneficia quem paga mais. Então de que vale o risco de sujar o próprio nome, envergonhar a família, virar dedo-duro de colegas e ser transportado em camburão, algemado como um pivete? Toda a riqueza acumulada com transações ilícitas nem mesmo leva o golpista para a morte em classe executiva.

A morte é incorruptível.

Deve ser por isso que se diz que o crime não compensa. O crime forra os bolsos da criatura temporariamente, mas tira dele o privilégio de fazer alguma diferença benéfica na vida dos outros – o sujeito passa a ser um rico que não vale nada. E morre de qualquer jeito.

Você pode, claro, usar seu tempo aqui na Terra para superfaturar tudo o que vê pela frente sem se importar com as consequências indignas dessa ganância. Ao nascer, você encontra o mundo de um jeito e decide se comportar de forma a deixá-lo bem pior ao partir. É uma escolha.

Ou você pode utilizar seu tempo aqui na Terra colaborando, fazendo um trabalho que beneficie a coletividade e gozando da sensação reconfortante de que abandonará o mundo deixando-o um pouquinho melhor do que quando chegou. Dessa forma, não terá vivido à toa e não se sentirá tão desesperado quando tudo terminar.

Porque vai terminar, máfia. Para todos. Sem acordão.

*7 de janeiro de 2015*

# O que os deuses nos deram

A gente sabe que troca de ano é pura ilusão e que um dia sucede outro, simples assim. Mas é forte a sensação de que essa é a hora de zerar tudo e recomeçar a vida de outra forma. Por isso fazemos planos, estipulamos metas e alimentamos a expectativa de que nos tornaremos pessoas melhores daqui pra frente.

Eu, ao menos, suspendo a descrença e mergulho de cabeça nessa onda inaugural, abraço a ideia de renovação. Faço balanços, tento descobrir onde errei no passado e prometo a mim mesma que vou me corrigir, para isso contando com a ajuda preciosa de filósofos, budistas, aforistas e demais sábios de plantão. Leio tudo deles, anoto, sublinho, decoro. Vamos lá, agora vai.

Pois estava tomada por esse delírio quando me caiu no colo uma frase de Fernando Pessoa: "Te tornarás só quem tu sempre foste. O que os deuses te dão, dão no começo".

O gajo é um melancólico, mas sabe colocar as coisas em seus devidos lugares.

Toque aqui, poeta. De acordo. A gente até pode apertar nossos parafusos frouxos de tempos em tempos, mas virar outra pessoa por obra e graça da virada do calendário é acreditar demais em conspirações cósmicas. O que os deuses me deram, deram na infância. E o que os deuses não me deram, simplesmente não deram.

Eu queria ser menos encasquetada. Eu queria ser menos eloquente. Eu queria ser mais audaciosa. Os deuses não me deram. Em compensação, me ofertaram coisas que nunca pedi, que nunca me atrevi nem a sonhar, e o quinhão foi de respeito. Vim ao mundo bem-nutrida, bem-amada e portando uma caixa de ferramentas de gente grande, o que me tornou uma expert em construções e reparos. Vou querer trocar essas peças originais por ferramentas desconhecidas? A essa altura?

Agora não dá, agora passou do prazo, agora é se virar com o que se tem. O que os deuses nos deram, deram no começo. Que cada um faça bom uso do que recebeu.

A você, os deuses deram o quê lá no início? Neuroses? Insegurança? Saúde frágil? Carência? Inteligência? Firmeza de caráter? Fraqueza moral? Força de vontade? Humor? Se em meio a esse pacote tão sortido de defeitos e qualidades estiver a tolerância, não há muito do que reclamar. Mãos à obra. O ano começou de pernas para o ar. Atentados em Paris, carnificinas na Nigéria, fuzilamentos dentro e fora da lei. Em todo lugar, a estupidez aflora nas mais diferentes proporções. Então, em meio a esse curto-circuito provocado pela coragem de uns e a covardia de outros, que a gente reforce nossa capacidade de convivência amistosa, de discernir as formas menos agressivas de lutar pelo que se acredita e de se emocionar diante da fragilidade humana. Supondo, com otimismo, que os deuses nos beneficiaram lá no início.

*14 de janeiro de 2015*

# Atemporal

*Acima das nuvens* foi o primeiro filme a que assisti em 2015, com a sempre ótima Juliette Binoche e a enjoadinha da Kristen Stewart, que reverteu minha má vontade com ela: está muito bem como a secretária pessoal da diva interpretada por Binoche. A história aqui resumida: uma atriz na faixa dos 40/50 anos é convidada a atuar no remake de uma peça que ela havia feito 20 anos antes, só que agora ela ficará com o papel da mulher mais velha do elenco e terá que contracenar com uma jovem atriz em ascensão que fará o papel que foi dela no passado.

Este é o conflito da personagem de Juliette Binoche. Ela é uma atriz que voltará a atuar na peça que lhe consagrou e onde há uma forte tensão sexual entre duas mulheres: uma jovem audaciosa e irreverente que manipula uma mulher madura. Pois agora a atriz que deslumbrou o mundo 20 anos antes, interpretando a jovem, foi escalada para fazer a madura. Naturalmente, há uma relutância em se render a esse novo papel, pois lhe parece a confirmação de sua decadência. Mas não há decadência nenhuma, apenas medo de enfrentar as mudanças que a passagem do tempo provoca.

É um filme de pouca ação, porém de muitas nuances. O ritmo do filme é tranquilo, só ganha certa agitação com a entrada em cena da jovem atriz que dividirá o palco com a atriz consagrada, quando fica claro que já não se fazem mais divas como antigamente. As duas jantam num restaurante com o diretor da peça, e este só dá atenção para a garota que é perseguida por paparazzi, que está envolvida numa relação de amor clandestina, que vive cercada por seguranças. É a parte atraente do seu currículo: o alvoroço que provoca em volta. Enquanto isso, a atriz veterana descobre que se tornou invisível.

Será mesmo que estamos todos condenados a um final melancólico? É inegável que temos que abrir passagem aos que vêm atrás. Eles chegam com um frescor que já não temos, com um código de comunicação que não dominamos, com uma urgência que para nós não faz mais sentido. Tornamo-nos seletivos e serenos com o passar dos anos, mas ainda há estrada pela frente e temos que dividi-la com aqueles que têm menos bagagem e que correm mais ligeiro. Inevitavelmente, seremos ultrapassados por eles, mas não há razão para interrompermos nossa viagem e nos exilarmos em nossas memórias.

Há uma forma de resistir ileso às diversas etapas da vida: não nos restringindo a nenhuma delas. Não nos catalogando como jovem ou como velho. Sendo atemporais.

O atemporal não reproduz comportamentos padrão. Não coleciona slogans nem certezas. Não vira as costas para o novo nem para o antigo. Não é assombrado por datas e idades: ele plana pela vida sem referências limitadoras, portanto, nunca é inadequado.

Sempre haverá um papel para ele.

*18 de janeiro de 2015*

# Encrencas domésticas

O chuveiro está esquentando demais. A torneira da cozinha não para de pingar. A porta do armário não está fechando direito. A geladeira está fazendo um barulho estranho. O interruptor de luz está com mau contato. Os azulejos da área de serviço estão descolando da parede. Escorre água por baixo da máquina de lavar. A vizinha do andar de baixo está reclamando de uma infiltração no teto do banheiro dela, e adivinhe de quem é a culpa.

Está tudo 100% com seu doce lar? Nada quebrado, nada precisando de reparos, nenhuma necessidade de chamar o eletricista, o bombeiro hidráulico, um faz-tudo? Permita que eu abrace você, vá que sua sorte seja contagiosa.

Não moro num prédio em ruínas, mas mesmo jovens edifícios aprontam das suas. Não importa a idade, em que bairro, qual a situação do imóvel: sempre tem uma coisinha para consertar. E assim que ela for resolvida outra coisinha virá reclamar seus direitos. A umidade deixou manchas na parede. A basculante do banheiro está com o vidro trincado. O forno está custando para acender. O liquidificador está dando choque, não estará na hora de trocar?

Sempre está na hora de trocar, pintar, arrumar, dar um jeito. Sua casa deve ser que nem a minha, um ser vivo que pede atenção constante. Ou estarei pagando por erros cometidos em encarnações anteriores?

Na classificação das tragédias, consertos domésticos nem contam. Não tenho dúvida de que sou uma abençoada por ter, numa única semana, apenas trocado a bandeja do ar-condicionado, ficado sem internet por 24 horas por pane no modem e ter chamado meu fiel socorrista para reforçar alguns rejuntes. E nem estou considerando o barulho de uma furadeira vinda do apartamento ao lado, que isso já não faz parte do meu universo e não sou eu que pago a conta.

Melhor pular essa parte, a conta.

Está tudo bem e estou calma – mas entrou agora um e-mail pedindo para que eu imprima um documento e o assine. Isso significa que deverei utilizar minha impressora. Você tem uma impressora caseira? Diga que a sua não trava no meio da impressão, que não engole a folha de papel, que cumpre sua função como se fosse uma eficiente impressora de escritório. Me convença de que impressoras caseiras não fazem complôs e de que estou aqui, quase histérica, sem motivo.

Liguei a geringonça. Ela fez alguns barulhos similares ao início de uma batucada e depois silenciou. A luz que deveria ficar permanentemente acesa está piscando como quem alerta para uma explosão em 30 segundos. Tem sido assim nas últimas semanas. Clico em imprimir e nada acontece. Impressoras não fazem complôs, você me convenceu. Está tudo bem, estou calma e agora meu gato se dependurou na cortina, abrindo um rasgão. Adoro trabalhar em casa.

*25 de janeiro de 2015*

# Aos remos

Não sou só eu que tenho a impressão de que estamos sentados sobre um barril de pólvora. É só dar uma espiada nos comentários deixados nas redes sociais, em conversas de bar, nas trocas de mensagens por whatsapp, nos telejornais. O Brasil descarrilou, e agora?

Apagões, crise hídrica, obras superfaturadas que não terminam, escândalos de corrupção em todas as esferas, ausência crônica de segurança, aumento de impostos, saúde e educação vergonhosas e início de uma recessão que não se conhece ainda as consequências. Uma amiga pergunta no Facebook: "Todo mundo já decidiu para onde vai se mudar?".

Ah, se fosse fácil assim. Fazer as malas e se mandar para algum lugar em que se pudesse caminhar pelas ruas sem medo, em que os policiais fossem bem treinados, em que houvesse metrô e muitas ciclovias, em que não se racionasse nada, a luz não caísse no meio da tarde e os tributos pagos revertessem em uma vida digna. É claro que qualquer nação tem problemas, mas o Brasil abusou da prerrogativa.

Eu adoraria fechar minhas contas e zarpar. Tenho condições que raríssimas pessoas dispõem para fazer isso, a começar pelo meu trabalho, que não depende de nada a não ser de um laptop. Ainda assim, é muito difícil deixar amigos e familiares. E é frustrante desistir. Quem deserta está colocando um ponto final na confiança que um dia teve.

Por ora, ficarei, mas me pergunto: como ajudar este raio de país? De nada adianta declarar guerra à ponderação e incitar a violência. Em termos coletivos, o melhor caminho continua a ser a defesa da imprensa livre e sair todos às ruas de forma pacífica, como fizeram recentemente os parisienses por ocasião do atentado ao Charlie Hebdo, como fizeram os argentinos por ocasião da morte do promotor Alberto Nisman, como fizemos nós mesmos em 2013 – é o jeito de exercer pressão e mostrar que nosso povo não é tão mole quanto parece.

Detalhe: de cara limpa, sem máscaras, sem queimar ônibus e sem destruir agências bancárias. Depredações são prova de fraqueza, não de força.

Nossa indignação coletiva precisa ser fotografada, filmada e difundida para o Planalto e o planeta, sem deixarmos de lado as atitudes particulares, que são fundamentais. É hora de agir com total responsabilidade dentro de casa, apagando as luzes, fechando as torneiras, economizando os gastos do prédio, do condomínio, da empresa. A classe política não merece nossos sacrifícios, eu sei, mas não podemos continuar esperando que eles resolvam hoje o que nunca os preocupou antes. Temos que tomar conta do Brasil, assumir esse país que deu profundamente errado, mas que é nosso. Porque, até aqui, perdemos de lavada. Eles lavavam dinheiro e nós lavávamos as mãos. Deu no que deu: escassez de água e de futuro.

*28 de janeiro de 2015*

# Inverso

Ela me contou que morou durante toda a infância bem no centro da cidade, num apartamento pequeno de uma grande avenida, e cresceu escutando as conversas e gritos dos transeuntes lá embaixo, os motores dos ônibus, as portas do comércio abrindo e fechando, as brigas entre os camelôs, e nem à noite esse zum-zum-zum sossegava, pois havia os cinemas, as boates, os botecos, as prostitutas, um quartel com um ininterrupto entra e sai de soldados e uma igreja ao lado cujo sino não conhecia descanso. Se dava para dormir? Feito um anjo. Cada barulho específico da zona central era como se fosse um instrumento musical, e juntos eles compuseram sua cantiga de ninar. A tudo se acostuma.

Até que ela virou mulher, casou e foi morar num bairro tão distante do centro que era praticamente uma granja, e quem dizia que conseguia dormir? O silêncio, ali, era barulhento além da conta.

Um cachorro latindo ao longe, no meio da madrugada, bastava para lhe despertar. O farfalhar das folhas ao vento, numa árvore próxima à janela, a deixava em estado de alerta. Podia até ouvir uma estrela cadente se prestasse bem atenção. Como pegar no sono estando envolvida por tantas quietudes secretas, por tanta discrição?

Não foi bem com essas palavras que ela me contou sobre essa situação invertida, mas foi desse jeito que a escutei, com essa prosa e poesia, e também com algum espanto. Se barulho virou silêncio através do costume, e se silêncio virou barulho pelo mesmo motivo, então está tudo mesmo de cabeça para baixo?

O que mais era pra ser que não é?

A pessoa muito calada, com um sorriso fixo no rosto, pacienciosa com todos em volta, relaxada num corpo em repouso, estará mesmo calma? Pode ser que por baixo de sua pele o barulho seja infernal, a dor lateje, o coração grite e ela apenas esteja inerte para não chacoalhar ainda mais o desespero que leva dentro. Enquanto que aquela pessoa que dança, corre, abraça, ama, gargalha, viaja e se joga na vida é o quê? Budista.

A pessoa que anda sumida é uma ermitã ou será que está muito bem acompanhada por si mesma? E quem não desgruda de grupos será mesmo sociável ou carente ao extremo?

Acho que eu gostava mais da vida quando ela era como era, exata, e não como é agora, quando traz em si o seu contrário, nos obrigando a ler nas entrelinhas, entender os subentendidos, perceber o abstrato e desprezar o concreto – eu preferia o óbvio a tanta charada, eu preferia o cristalino ao lusco-fusco, eu gostava quando era mais fácil e as coisas e as pessoas cumpriam o prometido.

Quando foi isso?

Nunca. Nunca foi como eu queria. Sempre foi o inverso.

*1º de fevereiro de 2015*

# A síndrome da repetição

Somos os mesmos e vivemos como nossos pais.

Não, não era assim que eu queria começar, mas tenho essa mania de sempre iniciar a coluna assinalando o gancho que me inspirou, seja uma música, um filme, uma conversa com amigos, um e-mail de leitor. No entanto, essa crônica nada tem a ver com a música do Belchior que Elis eternizou, a citação foi apenas um hábito, já que vivemos em constante estado de repetição.

Se você faz terapia há dois meses, acredite: quando estiver fazendo há dois anos, ou há 12, ainda estará discutindo o mesmo assunto, as conversas envolverão os mesmos problemas, e ao terminar o tratamento se sentirá muito melhor, porém o mesmo.

Será a vida tão monocromática, monotemática? Não é. O que acontece é que todos nós temos nossas dores de estimação, nossos erros reincidentes, um caminho que parece uma infinita highway, mas que na verdade é uma grande rotatória. Acabamos sempre no mesmo ponto, dando as mesmas voltas.

Faça o teste: você discute com sua mãe sobre diversos motivos ou sempre pelo mesmo? Com seu pai a discussão é mais variada ou empaca sempre na mesma questão? As queixas de suas namoradas são diversas ou parece que elas combinaram de dizer a mesma coisa? E as suas queixas sobre os outros, mudam muito?

Quando você vai ao médico, ele não recomenda sempre o mesmo para você? E você, naturalmente, não cumpre. Se você está casada há 25 anos, responda com sinceridade: a primeira briga que teve com seu marido foi muito diferente da que teve semana passada?

Existem pessoas que conheço desde que nasci, fomos colegas de berçário, e não é força de expressão, tenho mesmo uma amiga que nasceu um dia depois de mim, no mesmo hospital, e mal sabíamos que riríamos e choraríamos juntas por toda a vida. Ela é apenas uma entre tantas outras que conheço há séculos e continuamos sendo quem sempre fomos, a cada encontro nos repetimos e isso é a glória: saúdo os reconhecimentos, as sólidas histórias de vida e de companheirismo, o não precisar se reinventar constantemente. Algumas coisas mudam ao nosso redor, mas nossa essência, nossas dúvidas e nossas perguntas – principalmente as perguntas – seguem as de sempre.

Outro dia um amigo me disse que os únicos relacionamentos que duram são aqueles em que o casal renova os motivos das brigas. Sei. Pedi para ele me apontar um exemplo. Ele pensou, pensou, pensou e, sem encontrar um modelo que avalizasse sua teoria, começou a rir e me enrolou com uma conversa que já ouvi mil vezes, e eu, como em outras mil vezes, retruquei, e acabamos a tarde num abraço afetuoso mil vezes repetido e ficamos de não demorar para nos vermos de novo, mas vai demorar, porque sempre demora, sempre foi assim. Tudo acontece do mesmo jeito o tempo todo.

*8 de fevereiro de 2015*

# Plano-sequência

Uma das peculiaridades de *Birdman*, ganhador do Oscar, é ter sido filmado num plano-sequência, com apenas alguns poucos subterfúgios para cortar o filme sem dar esta impressão, então o que vemos é uma ação ininterrupta, tal qual a vida real, que não tem corte também, não existe, por exemplo, uma corrupção que começou de repente, em determinado dia, com a entrada de determinado partido no poder, a corrupção tem estado em cena persistentemente desde que o Brasil foi descoberto, ainda que ela tenha encontrado terreno fértil nos últimos anos, e o mesmo acontece com a questão do aborto, discussão que se ampara em um sentimentalismo barato, mulher nenhuma levará uma gestação adiante se ela não quiser, nenhuma jamais levou, nossas avós abortavam, nossas bisavós abortavam, e a mulher de amanhã também abortará, sendo crime ou não, ou seja, criminalizar é apenas uma forma de punir essa mulher, obrigá-la a procedimentos clandestinos, uma hipocrisia a mais num país que se recusa a deixar a religião de lado para pensar de forma menos passional e mais sintonizada com seu tempo, mas não adianta, é assim desde sempre, ato contínuo, somos os campeões do prolongamento do nosso atraso, e outra prova disso é a questão de adoção de crianças por casais homoafetivos, a cena se estende, considera-se absurdo alguém ser criado com amor por dois homens ou duas mulheres, muito melhor o orfanato, a desatenção, a moral empoeirada, melhor salvar os bons costumes e deixar a criança se ferrar em seu abandono, e lá vamos nós dar continuidade a um jeito mascarado de existir, faz de conta que as instituições são mais importantes que as pessoas, faz de conta que a figura etérea de Deus é mais importante que a felicidade de cada um, faz de conta que existe eternidade e que isso aqui é só um aperitivo, um unhappy hour antes de irmos todos para um lugar melhor, mas que ninguém sabe onde é, como é, e assim, cultivando crendices, superstições e ignorâncias, seguimos perpetuando uma vida surreal, seguimos tapando os olhos para o evidente em detrimento do que se supõe, seguimos enaltecendo as ilusões em detrimento da realidade, a vida é simples, a vida não precisa de tantos mandamentos, não precisa de tanto além, de tanto mistério, de tanta mentira, de tanto apego ao sobrenatural a fim de não enfrentar o que é natural – o desejo –, mas não, o mundo está caindo de podre e a câmera segue filmando, é um plano-sequência, todos cultivando problemas a fim de valorizar sua trajetória, todos, como os personagens de *Birdman*, desesperados diante da própria desimportância, recusando-se a entender que só serão livres quando se desapegarem do ego, não querendo enxergar que o poder é uma ilusão patética, que dogmas não são boias salva-vidas, que o mundo pode ser mais leve e alegre do que é, e que somos todos iguais nesta caminhada rumo a um final em aberto.

*25 de fevereiro de 2015*

# Os charmosos do contra

Todos vão para Machu Picchu? Eu embarco para Porto Príncipe. Todos estão lendo o novo livro do Chico Buarque? Nem abro. Show do Paul McCartney de novo? Ele pode vir 46 vezes ao Brasil que não vou. Prefiro o Guri de Uruguaiana.

O quê? O Guri de Uruguaiana está lotando teatros? Desisti, não vou mais.

E assim ele vai sedimentando seu caráter. Ele, o homem que se recusa a fazer o que todos fazem. Ou ela, a que se recusa a seguir o rebanho. Pode ser tanto ele como ela. Os que formatam sua personalidade protestando contra o senso comum.

Fico dividida diante dessas criaturas. Por um lado, reconheço sua autenticidade como virtude e os admiro pela perseverança em sempre buscar aquilo que quase ninguém viu, quase ninguém leu, quase ninguém escutou falar a respeito. Eles sustentam os mercados independentes e de quebra atraem para si o charme dos aventureiros e desbravadores. São homens e mulheres únicos. Não foram produzidos em série.

Como não se apaixonar por uma criatura dessas? Criei aqui uma figura hipotética e já estou quase o convidando para jantar.

Por outro lado, acho que deve ser meio cansativo buscar sempre aquilo que é estranho, diferente, inédito, escondido, inabitado, marginal, esquisito. Ainda mais nesses tempos de conexão tecnológica, em que praticamente não existem mais segredos. O novo permanece novo por muito pouco tempo. O Mr. Autêntico tem que ser rápido.

Tem outra questão: o autêntico não quer conhecer Paris, seria uma viagem óbvia. Não foi assistir a *Birdman* porque ganhou o Oscar. Nunca leu um livro que tenha ganhado segunda edição. Odeia ceviche sem nunca ter experimentado. Perdeu grandes festas. Valerá mesmo a pena ser um anti-herói?

Outro dia conversava com um exemplar dessa espécie e, mesmo extasiada com sua biografia de outsider, arrisquei uma perguntinha miúda: não dá para transitar entre lá e cá? Se você quer ir até a Groenlândia, pega mal fazer um pit stop em Ibiza? Não dá para infiltrar alguma literatura norte-americana em meio a sua coleção de poesia indígena? Posso pedir um filé com fritas em vez de sopa de capivara? Se eu for conhecer uma pousada no meio do mato que não está no Booking.com, encontrarei um vaso sanitário no banheiro ou isso é um luxo pequeno-burguês?

Transitar entre lá e cá. Ser um pouco da urbe e um pouco da selva, um pouco curioso e um pouco rendido, ter histórias alucinantes para contar e outras bem triviais, é possível?

Então o milagre se deu. Ele disse que estaria disposto a conhecer Paris (desde que pudesse dar uma passada antes em algum lugarejo com menos de 50 habitantes, sem luz elétrica). Convidei-o para jantar na mesma hora. Não pedi filé com fritas para não provocar. E ele não pediu sopa de capivara porque não tinha.

*1º de março de 2015*

# Autocrítica

Nunca fui fã ardorosa do Brasil. Suas lindas praias, sua música, sua irreverência, nada disso jamais foi suficiente para superar meu desgosto profundo por ter gente morrendo em corredor de hospital, por professores ganharem uma merreca de salário, por não podermos caminhar com segurança pelas ruas e demais indignidades com que convivemos dia sim, outro também. Desde que passei a ter o mínimo de consciência política, entendi que ética não era o nosso forte. Quando o PT apareceu, simpatizei, mas não cheguei a acreditar em salvadores da pátria porque a minha descrença estava bem sedimentada. Ainda assim, dei meu voto lá no início, era uma possibilidade. Que se cumpriu até certo ponto, mas o partido se revelou vulnerável como qualquer outro e o resto da história está aí. A roubalheira, que sempre existiu, tomou conta da maior empresa estatal do país e o vexame ganhou proporções monumentais.

O quadro geral é de tristeza. Porém, o que tenho visto é uma alegria perversa entre os caçadores de bruxas. Parece que as pessoas estão salivando diante dos escândalos, satisfeitas por poderem satanizar à vontade os dirigentes do país. Não acho que corruptos mereçam absolvição, estamos sob o comando de maus gestores e péssimos exemplos de cidadania, e torço pela punição de todos aqueles que saquearam o Brasil. O povo precisa se expressar, mostrar que está vigilante, mas a raiva contida em muitas declarações contra os petistas não me representa.

Uma coisa é se manifestar – inclusive com humor – a fim de pressionar pelo fim da impunidade. Demonstra amadurecimento da população. Mas no momento em que chamamos a presidente de vaca, fazemos brincadeiras sórdidas alusivas ao rosto de Cerveró ou culpamos o PT pelo espirro do cachorro do vizinho trocamos a maturidade da nossa indignação por um bullying coletivo que mais revela nossa pobreza de espírito do que grandeza como nação.

Faço parte da elite e me sinto à vontade para fazer uma autocrítica: sim, os elitistas talvez estejam, consciente ou inconscientemente, vingando-se de uma suposta perda que imaginaram que teriam com a ascensão de um partido popular ao poder. No fundo, torceram para que desse errado, e agora que o castelo de cartas ruiu de fato há uma comemoração evidente. Uma desforra. Um clima de final de campeonato, como se o gol da vitória tivesse finalmente sido marcado.

No entanto, só vejo perdedores nesse jogo. Uma grande nação de perdedores. Nada de engraçado está acontecendo. A única vitória possível se confirmará caso, num futuro próximo, a impunidade já não for dada como favas contadas e uma nova classe política nascer dos escombros e reinventar o país.

E se a ética vier a ser o nosso forte, em todas as camadas da sociedade.

*4 de março de 2015*

# Oficialmente adulta

Adolescente, passei de ano. Por média.

No ano seguinte, fiquei em recuperação, mas passei de novo.

Já não era tão obediente. Enfrentava os pais. Achei que assim viraria uma adulta.

Ilusão.

Transei pela primeira vez. Aprendi o que era amor, porém mais adiante me atrapalhei com a dor, não soube rimar os dois.

Comecei a trabalhar. Ganhar dinheiro nos dá alguma independência, mas ainda não. Adulta mesmo, ainda não.

Formatura, o próprio nome diz. Formada. Feita. Pronta. Habilitada. Parece que sim, mas ainda é uma ilusão, apenas nomenclatura, força de expressão.

Carteira assinada, avancei na profissão e fui morar sozinha. Adulta, por fim. Mas tinha medo na hora de dormir, não sabia preparar um reles macarrão, comia congelados e a roupa ainda era lavada no tanque da família. Apenas morar sozinha não basta.

Li tudo o que caiu em minhas mãos. Velhos safados, romances policiais, literatura feminista, novos autores, realismo fantástico. Peguei emprestado um monte de sabedoria para elaborar a minha.

Ganhei prêmios, fiz um nome, aumento de salário. Para logo ali na frente ser demitida por ausência de esforço, a cabeça mais para poesia do que para prosa. Adulta eu parecia, mas no fundo eu sabia que faltava.

Sobrevoei o oceano, viajei só com minha mochila, percorri países em trens, dormi na casa de estranhos, fiz uma verba minúscula render dois meses e voltei sem nenhuma cicatriz e com autoconfiança escapando pelos bolsos. Parecia adulta, mas então as perguntas não respondidas voltaram a assombrar.

Dependia de outros aniversários para declarar-me pronta.

Casei. Virei a senhora de alguém, a senhora de mim mesma. Engravidei. Duas filhas. Casa própria. Perigosamente, a vida ganhou um sentido.

Separei. Recomecei. O sentido mudou.

Os versos que fazia de brincadeira evoluíram para alguma coisa de verdade e eu virei, de repente, escritora.

E como escritora inventei respostas, amadureci em público, acreditaram em mim mais do que eu própria acreditava, estive muito perto, perto mesmo, de ser declarada oficialmente adulta.

Um dia antes da posse é que a gente descobre.

Não é o amor sacramentado, não é o destino honrado, não é o rosto marcado, não é o corpo amaciado, não é o sofrimento acumulado, não é o cérebro bem ensaiado, não é a quilometragem rodada, não é nada disso que nos contaram.

Oficialmente adulta me declarei no instante em que descobri que nenhum mistério se decifra e que sempre saberei muito pouco. As perguntas se renovam, acumulam, vão e voltam trazendo ainda mais indagação. Porém, a incerteza de repente deixa de assustar, a vida vira um passeio, aprende-se a gostar das pausas, já não é preciso nenhuma perseguição.

Oficialmente adulta, por fim?

Pensando bem, quase lá, mas ainda não.

*8 de março de 2015*

# O verdadeiro inimigo

A corrupção dentro da Petrobras é só a ponta do iceberg – ou alguém acredita que em outras empresas, sejam estatais ou privadas, não acontece o mesmo? A corrupção no Brasil é um câncer que infelizmente não é terminal, porque não termina.

Porém o foco hoje está na Petrobras, está no governo em vigência, está no momento presente, e isso divide o país. Se a corrupção estivesse sendo combatida como um mal comum a todos os partidos e a todos os segmentos da sociedade, talvez resgatássemos a humildade e nos mobilizássemos em busca de uma cura coletiva, mas virou uma guerra partidária. E aí sobra ofensa para tudo que é lado.

O toma lá dá cá de acusações reflete a infantilidade da nossa "consciência política". Não queremos um país melhor, queremos ter razão. Analisar o problema de forma mais ampla? Não combina com nosso sangue quente. Decretar como inimigo a nossa própria índole está fora de cogitação.

Alguém devolve ao dono um dinheiro que encontrou na rua e vira matéria de jornal. Prova da deformação dos nossos valores. O que era pra ser trivial, aqui é raridade. Deixar o carro numa rua escura e retornar encontrando-o no mesmo lugar? Ir até um posto de saúde e ser atendido na hora? Ser educado por um professor bem pago? Tudo um "case". O normal é o errado.

Diante de tanto errado para pouco certo, a gente não se une. A gente se desune, brigando uns contra os outros, ofendendo, ridicularizando, humilhando, baixando o nível da convivência. A democracia estimula a divergência de opiniões, sustenta o diálogo entre posições conflitantes a fim de encontrar um senso comum ou, na impossibilidade deste, um senso que represente a maioria, mas temos nos valido da democracia para xingar, insultar. É o estado democrático autorizando nossa falta de educação.

Ok, às vezes, para defender nossas ideias, acabamos denegrindo quem pensa diferente. Acontece. Porém, tenhamos mais cautela e controle: a ofensa é o recurso de quem não tem nada a oferecer além de agressividade.

Troquemos a ofensa por argumentos. Coloquemos nossas divergências para dialogar. O que vem acontecendo é espetacular, máscaras caindo, mas entendamos que o Brasil precisa deixar o sentimentalismo de lado e agir de forma conjunta e adulta. O mais importante é garantir à nova geração que a impunidade acabou – os políticos e empresários de amanhã têm que começar a ter medo de roubar. Somado a isso, é urgente aprovar medidas concretas para moralizar tudo que envolva dinheiro. Reduzir ao máximo o "me ajuda que eu te ajudo".

Manifestações, críticas, desabafos, discordâncias, postagens indignadas ou bem-humoradas fazem parte do processo de reflexão e colaboram na mudança de mentalidade. Mas não esqueçamos que a guerra é contra a corrupção – que é apartidária.

*11 de março de 2015*

# Levantando voo

Ontem minha filha embarcou num avião para uma viagem ao exterior sem data de retorno. Está realizando um sonho antigo, mas que se tornou premente nos últimos meses. Formada, inquieta, faminta por novas experiências de vida, acumulou salários, vendeu alguns pertences, passou madrugadas pesquisando as menores tarifas de passagem e hospedagem, arrumou a mala e se foi.

Muitos pais têm vivido essa ruptura: ver seus filhos partirem em busca de mais conhecimento e amadurecimento, jovens que precisam abandonar o ninho para um voo solo a fim de descobrirem uma nova direção e um ponto de vista que os surpreenda. Querem nascer de novo, agora sem cordão umbilical de nenhuma espécie.

O mundo deu uma encolhida. Pelo whatsapp ela poderá postar o que está almoçando, pelo Skype verei seu novo corte de cabelo, pelo Face irei acompanhar suas fotos e bateremos papos digitais, coisa, aliás, que absurdamente já fizemos estando ela no seu quarto e eu na sala. Então o que significa, mesmo, distância?

Nos dias atuais, as distâncias tornaram-se bem menos dramáticas, não há mais invisibilidade e silêncio, estejamos a poucos metros ou a muitos quilômetros da pessoa amada. O toque continua restrito aos corpos presentes, mas já não perdemos ninguém de vista. E isso nos libera para sofrer menos e pensar com mais positivismo sobre as separações.

Desde que a colocaram nos meus braços, na maternidade, percebi em seus olhos que ela não se conformaria com os limites impostos pela segurança de uma vida regrada. Sempre considerou o mundo seu quintal. A palavra estrangeiro nunca encontrou lugar em seu vocabulário. Todos os seus objetivos foram tratados como realizáveis, independentemente de onde, quando, quem, como.

Os filhos voltam, quase todos. Nem que seja para nos visitar. Se ela não vier, eu irei até ela, não é esta a questão. O que me sensibiliza é que a nossa vida está mudando – mais uma vez. Um ciclo se encerra para dar início a outro. A família até então estruturada se decompõe para que cada um de seus membros forme outros núcleos, novas rotinas. Ela voltará um dia, mas para morar em seu próprio apartamento. Ou voltará para morar em São Paulo. Ou voltará casada. Voltará – mas nunca mais a mesma. O que vivemos juntas nestes últimos 23 anos virou memória desde ontem. A partir de agora, estaremos iniciando uma viagem inédita ao futuro, estando aqui ou estando fora.

Não posso ficar triste, mesmo com o coração apertado. É da vida este chamado, que é atendido por aqueles que têm coragem de partir e mais coragem ainda de chegar. De chegar neles mesmos, que é onde cada um, não importa a via escolhida, confirma a razão da própria existência.

*15 de março de 2015*

# Decolagem autorizada

Dias atrás escrevi uma coluna que repercutiu. Eu falava do sentimento de ver uma filha levantando voo, saindo de casa para construir sua própria vida fora do país, sem data para regressar. Na ocasião, recebi e-mails de pais e mães relatando experiências semelhantes, contando como foi importante para o amadurecimento de seus filhos essa decolagem rumo à própria independência. Não foram três ou quatro, foram dezenas de mensagens, provando que essa debandada é mais comum do que se imagina e que só traz benefícios, tanto para quem vai quanto para quem fica.

Estava eu entretida com as histórias que cada um contava quando entrou um e-mail de um pai que assim iniciava seu relato: "Tua coluna me levou às lágrimas". Pensei: mais um que acaba de voltar do aeroporto depois de se despedir do seu moleque. Mas não. Ele contou que tinha um filho de 38 anos que ainda morava em casa e não dava sinal de querer levantar a bunda do sofá (palavras dele). Imaginava que, a essa altura, o filho já teria vivido suas aventuras pelo mundo, aprendido um pouco sobre a vida, feito escolhas, mas que, ao contrário disso, criara raízes e não pretendia cortá-las. O garoto (garoto??) trabalhava, era um bom menino (menino??), mas nada de se movimentar.

À medida que o texto progredia, a frustração desse pai ficava mais evidente. No final, já estava insultando o guri (guri??). E eu, que gosto de um humor negro, não contive o riso diante deste "pai às avessas", como ele próprio se definiu: inconformado por não ver seu filho também levantando voo.

Dei total razão a ele. Quando os filhos saem de casa, a gente se preocupa, sente saudades e tal, mas, no fundo, sabemos que esse rompimento está escrito e que é salutar na vida de todas as famílias. Por mais que dê um aperto no peito, o sentimento que realmente impera na hora da separação é orgulho. Criamos um filho que tem determinação, autonomia, equilíbrio emocional. Não é preciso que ele vá para Londres, Austrália ou qualquer outro lugar distante. Basta abrir mão de um amanhã previsível, nem que seja se mudando para o bairro vizinho. É um impulso natural: abrir-se para novas oportunidades, alargar o campo de visão, encontrar-se com um eu mais autêntico. Claro que grande parte da população não conta com esse privilégio: amontoam-se todos sob o mesmo teto por não terem como se sustentar de forma avulsa. Mas quem ganha seu próprio dinheiro, e ainda assim se recusa a migrar, será para sempre o apêndice de uma estrutura que não foi criação sua, e sim herdada sem esforço, impedindo a formação de uma identidade mais legítima.

Ô, garoto, coragem. Bata as asas e permita que seu pai voe também.

*29 de março de 2015*

# Camarim

Como se sabe, escritores são convidados a palestrar em Feiras do Livro, Bienais e demais eventos literários. É uma forma de passar nossa experiência adiante, de estimular a leitura, de conhecer os leitores e de faturar um cachezinho, já que também pagamos contas.

Trilhei o Estado e boa parte do país realizando esses encontros, porém hoje quase não viajo a trabalho: preciso ficar mais tempo em casa escrevendo, as demandas aumentaram. Mas, de vez em quando, abro exceções, como quando estive numa cidade do interior do Rio. Tinha mesmo que ir para a capital, então dei uma esticada. Tudo certo, até que, dias antes de eu embarcar, a organização do evento me enviou um e-mail pedindo que eu fizesse as exigências de camarim.

Como é que é? Por alguns segundos, me senti o Axl Rose, a Beyoncé. Me vi diante daqueles espelhos circundados por lâmpadas e elaborei mentalmente uma lista básica: champanhe brut, queijos franceses, bombons trufados, patê de *foie gras*, torradas italianas e Coca-Cola com meu nome no rótulo, ou nada feito. Acordei do transe com minha própria risada.

Respondi: olha, nem imaginava que haveria um camarim, mas havendo, ficaria feliz com um banheiro e água mineral. Muito grata, até breve.

Eu não sabia, mas o bate-papo seria no sambódromo local. Havia centenas de pessoas me aguardando.

Fui conduzida ao camarim por guarda-costas. Tinha alguma coisa errada: será que me confundiam com a Rihanna? Atravessei um longo corredor no backstage e por fim abriram uma porta com uma estrela dourada, como nos filmes. Ao entrar, me deparei com uma mesa que humilharia nossos cafés coloniais. Nunca vi quantidade igual de frios, pães, salgadinhos, cachorrinhos, sanduíches, cupcakes, minipizzas, canapés, amanteigados. E, no centro, um grande pote de vidro repleto de MM's coloridos. Lembrei da banda Van Halen, que sempre exige MM's antes dos shows, só que sem a casquinha que reveste o chocolate. Os meus tinham a casquinha, era a graça da coisa. Guloseimas com monograma.

Tive vontade de chorar. O que eu menos queria naquele momento era comer, mas e a desfeita? E o desperdício? Havia umas quatro pessoas esperando eu avançar, incluindo um fotógrafo. Alcançavam guardanapos e sugeriam: comece por este, não deixe de provar o folhado, esse bolinho foi minha tia que fez, aquele papo de anjo é o predileto da prefeita.

Minha conversa com o público durou uma hora e meia, e passei o tempo todo aflita com um miolinho de pão que teimou em se instalar entre o incisivo e o canino superior. Essa coisa de escritor ser tratado como astro pop, convenhamos, é meio constrangedora. Mas, por via das dúvidas, incluirei na minha próxima lista de camarim uma dúzia de escovas de dentes. Com cerdas de nylon ultra soft e de alguma marca dinamarquesa, pra não me mixar.

*19 de abril de 2015*

# Os largados

Antigamente eu rosnava a cada vez que ficava sem luz em casa. Agora até festejo, e não só pela economia na conta. Dias atrás, a energia elétrica caiu às quatro da manhã e só retornou perto do meio-dia. Sem computador, sem televisão e sem bateria no celular, me restou o ato heroico de ler um livro do começo ao fim, de um fôlego só. Por sorte, *Os largados*, do italiano Michele Serra.

Divertir e comover. Combinação diabólica plenamente atingida pelas 125 páginas que contam a história de um pai exasperado com o filho de 19 anos que vive entocado com seus gadgets eletrônicos. Um guri que não conversa, veste-se com molambos, come no sofá, não vê a cor do céu, enfim, desperdiça sua juventude.

Enquanto o pai busca caminhos para se conectar com essa criatura amorfa (caminhos inclusive no sentido literal: acredita que, se conseguir convencer o garoto a acompanhá-lo numa trilha, nem tudo estará perdido), vai elaborando mentalmente um livro que sonha em escrever sobre uma fictícia Guerra Mundial entre Jovens e Velhos. E é aí que *Os largados* diz a que veio.

É só olhar para trás e lembrar as inúmeras diferenças que tínhamos com nossos pais. Quem não? O conflito de gerações é um clássico na vida de qualquer um. Porém, essa guerra se dava no mesmo campo de batalha. Podíamos pensar de forma distinta, mas comíamos todos à mesma mesa, a música vinha do único equipamento de som instalado na casa, fazíamos passeios familiares, conversávamos – ou discutíamos, brigávamos, que seja, mas dentro de um universo comum. Não é mais assim. Diz o pai ao filho, no livro: "Agora tenho a sensação – a suspeita? o terror? – de uma mutação tão radical que dificilmente, um dia, poderemos nos reconhecer, você e eu, no mesmo prazer".

E continua: "Partiu-se uma corrente – da qual eu sou o último elo".

A questão é: que novas correntes estarão sendo formadas pela garotada que não lê, que se comunica à distância com os outros, que perdeu o idealismo, que fica zonza e por vezes até paralítica diante das variadas opções disponíveis de sexo, amor, carreira?

Estão 100% plugados, mas cada vez mais desconectados de nós, os últimos analógicos desta era. Largados num novo mundo que está sendo construído à nossa revelia. Não, o livro não é pessimista ou trágico, ao contrário. É extremamente engraçado, mas com uma graça firmemente apoiada na inteligência, na ironia e na reflexão. E dá o devido espaço a uma emocionante descoberta: nesta guerra entre jovens e velhos, a razão circula entre os dois exércitos e tem múltiplas formas de se apresentar.

Leia, porque o livro é muito bom. E também porque livros, este ou qualquer outro, continuam sendo fornecedores de uma energia que se mantém *on* em qualquer circunstância. O cérebro não cai.

*26 de abril de 2015*

# A desagradável tarefa de fazer-se odiar

Pais de família estão cada vez mais participativos, atuantes, necessários, afetivos, fundamentais na criação dos filhos, ao contrário do que acontecia nas gerações anteriores, quando o pai era uma figura cerimoniosa, o provedor que detinha a última palavra nas questões graves e terceirizava o resto. Hoje não. Hoje os pais deitam, rolam, se embolam, se envolvem nas pequenezas cotidianas, são quase mães.

Quase. Porque tem uma coisa que a maioria deles ainda não consegue assumir: a desagradável tarefa de fazer-se odiar.

Li essa frase num livro (em outro contexto) e achei que fechava perfeitamente com a maternidade. O que é ser mãe, senão tomar para si o papel de chata da família?

As cobranças do dia a dia são especialidade nossa: o que comeu, o que vestiu, se tomou banho, a toalha no chão, os garranchos, o blusão amarfanhado, a luz que ficou acesa, liga pra tua vó, o estado deplorável do tênis, a hora em que foi dormir, segura direito esse talher, deixa de preguiça, cuidado ao atravessar, não dorme de cabelo molhado, larga esse computador, menos palavrão, hora de acordar, a consulta no dentista, e esse amigo mal encarado, e esse decote provocante, convida os teus primos, não tranca a porta à chave, fecha a janela, abre a janela, não corre pela casa, me avisa assim que chegar, tu anda bebendo?

Não que o pai seja relapso, mas se ele ainda vive com a mãe das crianças a patrulha cotidiana possivelmente ficará a cargo do sargento de saias. Nós, tão femininas, tão doces, tão sensíveis, tão amorosas, não pensamos duas vezes em abrir mão desses nossos suaves atributos caricaturais a fim de manter a casa de pé, a roda girando, a vida funcionando, todo mundo no eixo. Se tivermos que ser antipáticas, seremos. Se tivermos que ser repetitivas, que jeito. Controladoras? Pois é. Alguém tem que se encarregar do trabalho sujo.

É uma generalização, eu sei, mas amparada no senso comum. Os pais mandam, ralham, brigam, mas raramente perdem a cabeça, quase nunca gritam e se estressam. Eles têm essa irritante capacidade de manter a boa reputação com os filhos. Se forem obrigados a escolher um lado durante o barraco, dirão que estão do lado da mãe, que estão de acordo com tudo o que ela disse, mas irão piscar para o filho quando ela não estiver olhando.

Ao fim e ao cabo, mães dão conta de todas as crianças da casa. Todas.

É o nosso papel: reger a orquestra familiar ofertando nosso melhor, mesmo que ele seja confundido com nosso pior. É o risco que corremos, mas não há outra maneira de educar. O excesso de zelo pode ser estafante, mas é preciso segurar o tranco de ser odiada um pouquinho a cada dia a fim de garantir um amor pra sempre.

*10 de maio de 2015*

# O segundo encontro

Ela estava sentada bem na minha frente, abalada, desanimada, com péssimos presságios em relação ao que aconteceria dali a duas horas: ela teria o primeiro encontro com um homem de quem estava muito a fim. Me explica, pedi. Me explica por que você não está soltando foguete. Me explica o motivo para não estar no cabeleireiro. Me explica a parte que eu perdi: afinal, um encontro não é uma boa notícia?

O segundo, ela me respondeu. O segundo encontro me faz soltar rojão. O primeiro é ir para o sacrifício.

Diante do meu espanto, ela resolveu reavivar minha memória.

Primeiro encontro, disse ela, é que nem entrevista de emprego. O nível de estresse é o mesmo. Você não pode ir produzida demais, para que ele não pense que você está desesperada, nem ir vestida de qualquer jeito, para ele não pensar que você está pouco se lixando. Você não pode ser muito engraçada, para não passar a impressão de frivolidade, nem séria demais, para ele não te considerar uma chata. Você não pode falar dos seus ex-amores, para ele não ficar inseguro, mas se não mencionar nenhum ele vai pensar que você é uma laranja podre que ninguém quis catar do chão. Você não deve beber demais, pois seria deselegante, mas pedir um suco vai fazê-lo pensar que você tem 14 anos. Você passa a noite falando sobre tudo o que gosta – filmes, cidades, programas de tevê, esportes, música – e precisa se controlar para não pedi-lo em casamento quando ele concordar com suas preferências, ou se controlar para não cair em prantos quando ele disser que os Rolling Stones são detestáveis, que não suporta rock, mas que morreria por um show ao vivo do Lionel Richie.

Ela continua: "Aí você lembra que o Lionel Richie bem que se esforçou, compôs *We Are the World* com o Michael Jackson, e você quase gostou daquela música que ele fez para o filme *O sol da meia-noite*, e percebe que já está fazendo concessões antes mesmo de seu pretendente pedir a conta, e ia esquecendo esta parte, a conta: se você se oferece para dividir, ele pode te achar bacana, mas também pode desconfiar de que você seja uma feminista que nem ao menos se depila. E se você não se oferece para pagar, ele pode te achar uma folgada ou, ao contrário, te considerar uma fêmea que reconhece seu papel no jogo, uma mulher acostumada a sair com cavalheiros – como saber?".

Apavorada com o quadro esquizoide que ela me apresentava, arrisquei: nenhuma possibilidade de ser você mesma, criatura?

"Claro que existe a possibilidade de ser eu mesma. No segun..."

Não, não: nenhuma possibilidade de ser você mesma no primeiro encontro?

"Zero."

E assim, convicta, preparou-se para a ida ao sacrifício. Retirou seu Crocs e pediu minha sandália emprestada.

*17 de maio de 2015*

# Mexicanas

"Ando tão mexicana..." Certa vez, coloquei essa queixa na boca de uma personagem de um livro para resumir como ela se sentia depois do fim de um amor. Ela chorava muito, tinha reações extremadas, dramatizava sua situação como se estivesse enfiada num vestido floreado e com uma flor vermelha no cabelo: uma mulher sofrendo sem nenhuma sobriedade.

O que eu sabia do México na época em que escrevi o livro? Que era um país colorido, apimentado e de emoções exuberantes – certamente eu estava induzida pela imagem que tinha de Frida Kahlo, cuja vida e obra se misturaram adquirindo uma potência que é hoje reconhecida por todos. O México me parecia um país cuja história e costumes estavam sempre escancarados, um país sem bastidores, apenas palco. Sofrer com sobriedade é para escandinavos, não para latinos.

Uma visão estereotipada, reconheço, mas depois de ter conhecido o México, de onde voltei recentemente, pude comprovar que eu não estava tão enganada. É um país que não engaveta seu passado e cujas cores berrantes nas fachadas, no artesanato e nos murais são um atestado de bravura e de orgulho. O México se expõe. Eu tinha razão ao adjetivar como mexicana uma mulher com suas feridas abertas.

Só não sabia que isso nada tinha a ver com vitimização.

Voltemos a Frida: teve poliomielite aos seis anos de idade. Aos 18, sofreu um acidente de ônibus que deixou sequelas graves – um pedaço de ferro entrou pelo seu quadril e saiu pela virilha. Passou por 35 cirurgias. Engravidou três vezes – e três vezes sofreu abortos espontâneos, não conseguindo realizar o desejo de ser mãe. Foi amada por seu marido Diego Rivera, mas teve que dividi-lo com várias outras mulheres, entre elas sua irmã mais próxima. Esse é apenas um resumo acanhado da biografia da pintora, sem entrar no mérito de sua arte e de seu engajamento político. Frida passou por dores torturantes, tanto físicas quanto emocionais, e em nenhum momento a gente tem dela a imagem de uma coitada. Por quê?

Porque ainda que ela tenha revelado todo seu drama nas telas que legou ao mundo choramingar não era seu verbo. Viver, sim. Sofreu sem jamais perder o viço, o gosto e o entusiasmo pelos dias.

O sofrimento é um velho conhecido de todos nós, mas costumamos ter pudor com nossas lágrimas. A maioria das pessoas reparte sua infelicidade só com dois ou três amigos, às vezes com ninguém. Poucos sofrem com a vitalidade de Frida, que transformou sua dor em uma causa.

Quando minha personagem disse "ando tão mexicana", ela não sabia o que falava e eu não sabia o que escrevia. Ambas reclamando de uma intensidade que só hoje reconheço como virtude. Agora sei que sentir-se mexicano é um elogio, não um estigma.

*20 de maio de 2015*

# Viciados em companhia

Não confio no amor de quem não consegue ficar sozinho.

Nunca foi ao cinema sozinho, nunca viajou sozinho, perambula pela rua feito um cão que se perdeu do dono. Sentar na lanchonete de uma livraria para tomar um cafezinho assemelha-se a uma catástrofe. Sua solidão lhe parece vergonhosa e indigesta, é evitada com o mesmo afinco com que evitaria a morte.

Para ele, qualquer parceria é melhor que nenhuma. Uma conversa enfadonha é melhor que o silêncio. Um chato é melhor que ninguém. É praticamente um viciado em companhia. E como todo viciado, critério não é o seu forte.

Não confio no amor de quem não suporta a própria presença.

De quem telefona a fim de papo furado, de quem envia mensagens só para ouvir o sinal da chegada da resposta, de quem precisa se iludir de que não está só. Quem de nós não está só?

Uma manhã de frente para o mar, uma tarde com um livro, uma noite com um filme, três dias inteiros numa cidade estranha, uma rua que nunca foi atravessada, um museu com tempo livre à vontade, uma cama vazia – para ele, simulacros do inferno.

Não confio no amor de quem não se entretém.

De quem se desespera em frente ao espelho, de quem não consegue se maravilhar num jardim, de quem não se comove ao ouvir uma música, de quem não gosta de andar de ônibus enquanto aprecia a paisagem, de quem não se sente inteiro num trem.

Sozinho é uma coisa, solitário é outra. Sozinho é com, solitário é sem.

Eu sozinha sou muitas. Sozinha, tem mais sabor minha comida, tem mais foco o meu olhar, tem mais profundezas o meu ser. Sozinha tem mais espaço minha liberdade, tem mais imaginação a minha fantasia, tem mais beleza a minha individualidade. Sozinha tem mais força o meu pensamento, mais inteireza a minha vontade.

Não confio no amor de quem negocia sua autenticidade.

Como amar de verdade outro alguém, se não sabe de onde esse amor vem? Onde foi gerado, por que é necessário, que atributos ele contém? Amar é doar, não vem do doer. Amar é saber que aquele que a gente ama, se faltar, vai deixar saudade, mas não nos transformará num cadáver vagando ao léu. Não confio em quem ama para ser um par, não confio em quem quer apenas se enquadrar, não confio em quem ama por não se tolerar.

Amar tem que ser extraordinário. Além do que já se tem.

Se sozinho você não se tem, amar vira tubo de oxigênio, ânsia, invenção e enredo barato, perde a dignidade, o amor vira muleta e trucagem. Confio, sim, no amor de quem não precisa amar por sobrevivência, de quem se basta e mesmo assim é impelido a se dar, porque dar-se é excelência, não é mendicância.

Não confio no amor de quem não se ama em primeira instância.

*31 de maio de 2015*

# Cadeados de Paris

Foi-se o tempo em que os telhados de Paris é que eram românticos: agora, românticos são os cadeados de Paris, que estão sendo retirados da Pont des Arts, onde trancafiavam os amores para sempre.

Nada é mais antigo do que o jornal de ontem, então resgato aqui a notícia: uma das mais famosas pontes de Paris recebia todos os dias, em seus gradis metálicos, centenas de cadeados colocados ali por casais apaixonados, como uma evidência de que jamais se separariam. Com os anos, esses cadeados começaram a pesar e colocaram em risco a segurança da ponte. Ano passado, um pedaço da balaustrada desabou e a Prefeitura resolveu acabar com a brincadeira. Mandou retirar todos os cadeados e, no local dos gradis, irá colocar placas de acrílico.

Eu estive algumas vezes em Paris e pude acompanhar a evolução desse modismo. No início, lembro de ter sido contra aqueles cadeados que descaracterizavam o cenário, mas os anos foram passando, os cadeados começaram a se acumular e por fim acabaram impondo sua estética. Eu já estava achando aquilo até bonito, uma instalação viva e com enorme simbolismo, ainda que um simbolismo meio démodé: quem ainda acredita em relações vitalícias?

Aparentemente, ninguém. Secretamente, todos.

No fundo, bem no fundo, queremos sim encontrar alguém que seja um amor para toda a vida, que dê motivo para levantarmos da cama de manhã e motivo para deitarmos nela à noite, que preencha de significado a nossa rotina banal, que seja uma parceria que vá muito além da amizade, que nos faça sentir especiais e que desperte a vontade de fazer versos intensos como os do Fabrício Carpinejar.

Ele não apareceu à toa nesta história. Na última vez que estive em Paris, eu passeava pela Pont des Arts com calma, observando os nomes marcados em cada cadeado e imaginando se todos aqueles Pierre, Irina, Anthony e Helga ainda estariam juntos, quando meu celular tocou. Era o Fabrício, que não sabia que eu estava fora do país. Antes que eu pudesse dizer qualquer coisa, ele falou o motivo da ligação: havia se separado. Estava triste. Queria conversar. Eu sentei num dos bancos da ponte e não acreditei. Para mim, ele e ela formavam aquela espécie de casal que se prende um no outro e joga a chave fora, mas não foi assim. Fabrício estava a um oceano de distância e ao mesmo tempo muito perto, me contando sobre o seu desenlace, enquanto eu olhava para aqueles cadeados desiludida por confirmar ali, durante o telefonema, que eles representavam um sonho que não se sustenta mais.

Li em algum lugar que os cadeados retirados da ponte irão para reciclagem. Acho que deveriam ser doados a um museu. Como relíquia histórica – uma prova de que o desejo pelo amor eterno existiu um dia.

*3 de junho de 2015*

# Simples assim

Recebi um e-mail da prefeitura avisando que de agora até abril de 2016 haverá a construção de uma superciclovia cortando toda a área central da cidade. Eles dizem que durante a primeira fase dos trabalhos serei avisada sobre quais ruas devo evitar nas horas de pico e também serei comunicada quando houver algum desvio. Disseram também que o transporte público não será afetado, mas poderá eventualmente acontecer algum atraso nos horários previstos de chegada dos ônibus nas estações. Por fim, divulgaram um site onde encontro uma animação em 3D reproduzindo todo o trajeto da ciclovia, incluindo os cruzamentos e a sinalização, assim como as datas de início e conclusão de cada trecho e horários de atendimento por telefone para esclarecimento de dúvidas.

O e-mail é da prefeitura de Londres. Cerca de dois anos atrás, passei um mês estudando lá e comprei um Oyster Card, que é um cartão para transitar por transporte público por toda a cidade. Fiquei cadastrada no mailing deles e desde então recebo periodicamente as informações sobre o trânsito da capital inglesa. Sei quais linhas de metrô e ônibus sofrerão atraso, quais serão as alterações de rota nos feriados e nos períodos de obras, recebo pedido de desculpas pelos transtornos e agradecimento pela minha cooperação.

A cada vez que recebo um comunicado desses, lembro como é ser tratada como cidadã. E penso: é assim que tinha que ser. Tudo. Tudo na vida. Não sou inimiga da flexibilidade, há modos diversos de se administrar uma cidade, um relacionamento, um trabalho, porém muitos problemas seriam eliminados se optássemos pela maneira consagrada, a que sempre funcionou: transparência e assertividade.

Como é que tem que ser? Se te perguntam, responda. Se te emprestam, devolva. Sem dinheiro, não compre. Se te dão, agradeça. Se te confiaram, cuide. Se te agridem, afaste-se. Se te pagaram, entregue. Se cansou, pare. Se te confidenciaram, silencie. Se te roubaram, acuse. Se colocou no mundo, crie. Se contratou, pague. Se gostou, fique. Se não gostou, recuse. Se errou, desculpe-se. Se acertou, repita. Se tem que fazer, faça. Se prometeu, cumpra. Se vai atrasar, avise. Se te necessitam, ajude. Se você precisa, peça.

É feito um relógio. Tique-taque, no ritmo da eficiência. Porém, as pessoas fogem desse esquema porque acreditam que ficarão engessadas, que serão chamadas de caretas ou que terão uma existência simplista. Que bobagem. Elas apenas adiantarão seu lado a fim de ganhar tempo para se dedicarem à deliciosa anarquia da vida, aquela que, aí sim, nunca teve tique-taque. Se gamar, invista. Se sofrer, azar. Se der frio na barriga, celebre. Se vacilar, tente de novo. Se parecer longe, vá igual. Se nunca fez, arrisque. Se der medo, vença-o. Se não souber, invente. Se falhar, ria. Se cansou, viaje. Se calor, praia. Se calhar, Londres.

*7 de junho de 2015*

# Uma casa em frente ao mar

Sabe aqueles dias em que você pensa "o que ainda estou fazendo aqui"?

Sendo "aqui" uma cidade em que você corre o risco de ser assaltada, em que mil festas, peças e lançamentos acontecem e você não consegue participar de quase nada por falta de tempo ou cansaço, e em que você fica dia e noite na internet conferindo as postagens de gente que mal conhece, permitindo que a felicidade e a inteligência alheias minem aos poucos sua autoestima, já que você, sendo bem franca, não é tão feliz, nem tão linda, nem tão espirituosa, nem tão brilhante. Sabe aqueles dias?

Tenho tido uns dias assim. Em que me visualizo numa casa à beira-mar com uma longa extensão de areia para minhas caminhadas, seguindo uma dieta mediterrânea com peixes, azeites e tomates que muito me atraem, lendo finalmente os livros que acumulei na esperança de que chegaria a hora deles, cometendo alguns pecados capitais como a preguiça, a luxúria e a gula, passando os dias ouvindo música, gastando pouco, vestindo quase nada, recebendo visitas ocasionais, aprendendo a cozinhar, namorando um pescador... ah, essas fantasias que nem mesmo originais são.

Por escrito, esse desapego soa como o Éden, mas vivenciado, sabemos que nem sempre é tão fácil.

Pessoas acostumadas a estarem plugadas na tomada geralmente não suportam mais do que três dias de mansidão, o que dirá três anos, o que dirá o resto da vida, esta que pode durar ainda umas três décadas.

O que fazer quando se está tão desinteressada do que se tem?

Hoje foi um dia em que me transportei para o clichê de todo workaholic: adeus, estresse, vou abrir uma pousada – eu que nunca sonhei em ter uma pousada. Sonho, neste instante, em não ter carro, não ter compromissos, não ter agenda, não ter coisa nenhuma. Raspar minhas economias no banco e torrá-las na manutenção de um cotidiano simplificado. Nunca mais escrever uma única linha, basta, tempo esgotado, já disse tudo o que tinha e o que não tinha para dizer, nada mais a acrescentar. Agora, só leitura, só silêncio, só papo-furado com o pescador. Segunda vez que o pescador aparece nesta história, já estou gamada antes mesmo de conhecê-lo.

E à noite, olhar as estrelas, beber vinho e morrer de um tédio bom. Quando a santa paz começasse a dar nos nervos, poderia voltar à urbe, rever os amigos, pegar um cinema, renovar o estoque de livros, de queijos, de frescuras e retornar correndo para a beira da praia, fazer um rabo de cavalo e se sentir personagem de um filme – eu sempre enxergo esses ermitões de meia-idade como charmosos personagens de um filme alternativo, de baixo orçamento e pouca bilheteria.

Mas esse filme ainda não saiu do papel e amanhã é segunda-feira. Acorda, dona Martha.

*28 de junho de 2015*

# Sutiãs

Minha profissão traz poucas inconveniências e muitos prazeres, o que torna o saldo altamente positivo. Uma das coisas a celebrar é o contato que tenho com pessoas que, mesmo desconhecidas, estabelecem comigo uma intimidade enriquecedora. Foi o caso de uma garota (acho que ainda posso chamar uma socióloga de 45 anos de garota) com quem tive uma adorável conversa dias atrás, no Rio de Janeiro. Ela me contou sobre seu primeiro casamento e sua primeira separação, do quanto ficou abalada, de como fez para se reerguer, de como foi o processo todo. Fez um relato comovente de tudo o que aconteceu, mas não pude deixar de ajustar o foco num detalhe rápido que ela mencionou, daqueles que a gente costuma deixar passar batido. Em meio ao turbilhão de emoções que ela narrava, me disse: "Depois do fim, eu já nem sabia direito quem era, nunca usei sutiã e de repente comecei a usar".

Encontramos metáforas onde menos se espera.

Separação: tem desamparo maior? Uma aposta que parecia estar dando certo de repente começa a fazer água, alguém que para você era a pessoa mais importante do mundo perde o protagonismo, a vida estruturada se dissolve, o amor dá lugar à mágoa, e mesmo quando não há mágoa, ainda assim existe um abismo para atravessar antes de chegar ao outro lado.

Você precisa reconstruir sua identidade, não é mais a esposa de, o marido de, o amor da vida de alguém. As declarações não se sustentaram, as promessas não vingaram, o destino foi mais forte que a idealização: fez cada um seguir carreira solo. Depois de tanta luta, tanta negociação, tantas tentativas de manter o acordo, chega a hora em que é preciso entregar os pontos, não há mais o que fazer a não ser partir e tentar de novo com outro alguém, quando as forças voltarem.

Mas, até que elas voltem, quanto medo. Da solidão, da saudade, do rumo desconhecido. Você agora é um, não dois. Já não tem quem segure sua mão. Está solto. E essa soltura assusta. E se eu cair?

Um sutiã pode ter um significado oculto. Funcionar como um abraço apertado. Uma amarração. Não usá-lo sempre foi uma atitude libertária, até que, um belo dia, você descobre que a liberdade virou um bicho-papão e você voltou a ser uma menininha assustada. O que mais deseja é se sentir presa, segura, acolhida.

O desafio das separações é fazer com que voltemos a nos sentir confortáveis com a soltura dos dias, confortáveis diante da incógnita do futuro. Não sei no que os homens se seguram quando se separam (minto, sei sim), mas grande parte das mulheres recomeça a vida emocional se segurando nelas mesmas. Só então, aos poucos, iniciam outra revolução, uma nova queima de sutiãs, a fim de formar uma identidade mais firme que a anterior.

*5 de julho de 2015*

IMPRESSÃO:

PALLOTTI
GRÁFICA

Santa Maria - RS | Fone: (55) 3220.4500
*www.graficapallotti.com.br*